CABEÇAS DE SEGUNDA-FEIRA

IGNÁCIO DE LOYOLA BRANDÃO

São Paulo
2008

global EDITORA

CABEÇAS DE SEGUNDA-FEIRA

© Ignácio de Loyola Brandão, 2005

4ª Edição, Codecri, 1983
5ª Edição, Global Editora, São Paulo 2008

Diretor Editorial
Jefferson L. Alves

Gerente de Produção
Flávio Samuel

Assistente Editorial
Claudia Denise Silva

Revisão
Luicy Caetano
Ana Lucia Sant'Ana dos Santos

Editoração Eletrônica
Antonio Silvio Lopes

Capa
Mauricio Negro e Eduardo Okuno

Dados Internacionais de Catalogação na Publicação (CIP)
(Câmara Brasileira do Livro, SP, Brasil)

Brandão, Ignácio de Loyola
 Cabeças de segunda-feira / Ignácio de Loyola Brandão. – 5. ed.– São Paulo : Global, 2008.

ISBN 978-85-260-1309-4

1. Contos brasileiros I. Título.

08-04296   CDD–869.93

Índice para catálogo sistemático:

1. Contos : Literatura brasileira 869.93

Direitos Reservados

GLOBAL EDITORA E DISTRIBUIDORA LTDA.

Rua Pirapitingüi, 111 – Liberdade
CEP 01508-020 – São Paulo – SP
Tel.: (11) 3277-7999 – Fax: (11) 3277-8141
e-mail: global@globaleditora.com.br
www.globaleditora.com.br

 Colabore com a produção científica e cultural. Proibida a reprodução total ou parcial desta obra sem a autorização do editor.

Nº de catálogo: **1564**

Para
Claudia Alencar
Imara Reis
Laine Milan.

Sumário

A criação

A anã pré-fabricada e seu pai, o ambicioso marretador   11

Sagrado dever   13

Um dedo pela bolacha   15

Amo minha filha   17

Sagrada família   19

O desejo

Obscenidades para uma dona de casa   23

Coxas brancas no trem da tarde   33

Rosajeine tira a roupa   43

O gozo atrás da árvore   49

Anúncios eróticos   53

45 encontros com a estrela Vera Fischer   61

O divino no meio do corredor   89

O amor

Lígia, por um momento!	107
Aqui entre nós	117
A sexta hora	129

O homem

Não segure a porta	147
A lata e a luta	151
Cabeças de segunda-feira	159

A mente

Os dois presidentes	173

A criação

A anã pré-fabricada e seu pai, o ambicioso marretador

Era uma vez uma anã pré-fabricada. Tinha cinqüenta centímetros de altura. Os pais eram pessoas normais. A anã era anã porque desde pequena o pai batia na cabeça dela com a marreta. Batia e dizia: "Diminua, filhinha". O sonho do pai era ter uma filha que trabalhasse no circo. E, se conseguisse uma anã, o circo aceitaria.

Assim, a menina não cresceu. Tinha as pernas tortas, a cabeça plana como mesa, os olhos esbugalhados: um globo, com as marretadas, chegara a sair. Desse modo o olho andava dependurado pelos nervos. Com o olho caído, a menina enxergava o chão – e enxergava bem. Nunca deu topadas.

A menina diminuiu, entrou para a escola e se diplomou. E o pai, esperando que o circo viesse para a cidade. A anã teve poucos namorados. Os moços da cidade não gostavam de sua cabeça plana como mesa. Um dos namorados foi um mudo; o outro, um cego.

Com o passar do tempo, o pai foi ensinando à filha os truques do circo: andar na corda bamba, atirar facas, equilibrar pratos na ponta de varas, equilibrar bolas, andar sobre rodas, fazer exercícios na barra, pular através de um arco de fogo, cair ao chão (fazendo graça) sem se machucar, ficar de pé no dorso de cavalos.

De vez em quando, o pai emprestava a filha ao padre, por causa da quermesse. Ela substituía o coelho nos jogos de sorteio. Havia uma porção de casinhas dispostas em círculo. Cada casinha tinha um número. A um sinal do festeiro, a menina corria e entrava na casinha. Quem tivesse aquele número ganhava a prenda. A anã não gostava da quermesse porque se cansava muito e também porque no dia seguinte ficava triste, como o pessoal que tinha perdido. Eles a seguiam pela rua, gritando: "Aí, baixinha, ..., por que não entrou no meu número?".

Um dia, o circo chegou à cidade, com lona colorida, um elefante rosa, uma onça pintada, palhaços, cartazes e uma trapezista gorda que vivia caindo na rede. O pai mandou fazer para a anã um vestido de cetim vermelho, com cinto verde. Comprou um sapato preto e meias três-quartos. Levou a filha ao circo. Ela mostrou tudo que sabia, mas o diretor disse que já tinha muita gente para fazer aquilo: andar no arame, na corda bamba, equilibrar coisas, pular através de arcos de fogo, andar no dorso de cavalos. Só havia uma vaga, mas esta ele não queria dar para a menina, porque estava achando a anã muito bonitinha. O pai insistiu, a anã também. Ela estava cansada da vida da cidadezinha, onde o povo só via televisão o tempo inteiro. O dono do circo disse que o lugar era dela: a anã seria comida pelo leão, porque andava uma falta de carne tremenda. Assim, no dia seguinte, às seis horas, a menina tomou banho, passou perfume Royal Briar, jantou, colocou seu vestido vermelho, de cinto verde, uma rosa na cabeça e partiu contente para o emprego.

Sagrado dever

Menino, tira o dedo do nariz. Menino, não põe a mão na boca. Menino, não coma doce antes do almoço. Vai fazer a lição de casa. Sai daí. Vai dormir. Isto é conversa de gente grande. Não amola os outros. Não chupa o dedo. Não suja a roupa. Não rabisca a parede. Vá tomar banho. Não fica comendo essas porcarias. Não suja a roupa que acabou de tomar banho. Não fica andando com esses moleques. Não suba no muro. Não brinca n'água com esse calor. Não suba na árvore que acaba se machucando. Não saia do castigo. Não brinca no barro. Pára de chacoalhar as pernas desse jeito enquanto come. Tem sossego. Não fica aí que fica me estorvando. Não fica olhando na janela. Não abra a porta do quarto. Não coma muito doce que acaba vomitando. Sorvete? Com esse calor? Faz mal. Não veste essa calça, veste a marrom. Não mexe nas coisas do seu pai. Não anda descalço no ladrilho frio que acaba pegando doença. Mas eu gosto de ver você com calça marrom, filhinho. Não mexa no rádio. Não cuspa no chão. Não passa a mão no olho, essa mão está suja. Tira o dedo do ouvido. Vê se fica quieto vendo sua televisão. Desce do portão. Não fica subindo no colo, não, que já tá grandinho. Não mexa com faca. Não solta papagaio na rua que está cheia de fio. Não brinca com fogo que mija na cama de noite.

Um dedo pela bolacha

Era louco por bolachas. Aí, a mãe disse: "Cada vez que você quiser uma bolacha, dê uma martelada no dedo. Pode ser da mão ou do pé. Aí, então, eu te dou uma bolacha". Logo depois, ele quis uma bolacha e pegou o martelo do pai e deu uma martelada no dedão do pé, esmagando. Quando a mãe deu a bolacha, ele comeu com um pouco de carninha do dedo que tinha sanguinho. Mais tarde, quis outra bolacha, deu outra martelada no dedinho do pé, a mãe correu com a bolacha. Ele comeu com a carne do dedinho e gostou mais ainda e deu logo com o martelo em mais um dedo e comeu a bolacha com o dedo amassado. No dia seguinte, cinco marteladas, cinco bolachas e cinco dedos e ficou preocupado, porque agora só tinha dois dedos e estava louco para comê-los e com uma fome danada. Até percebeu que a mãe sorria e esperava, ali perto, com a caixa de bolachas aberta. Bolachas torradinhas, deliciosas, Aymoré, Duchen, Tostines, Água e Sal, Cream Crackers, Enroladinhos de Goiaba, Reno, Maria Maizena, sanduíches. A boca se encheu d'água. Tanto que ele martelou logo os dois últimos dedos dos pés. Engoliu a bolacha e a carne, estava ainda com fome, martelou os dedos da mão, pediu que a mãe martelasse os dedos da outra mão. E ficou desesperado quando viu que não havia mais nenhum dedo e a mãe ali, com a caixa de bolachas. Quando ele, sem dedos, olhou para ela, aflito, angustiado, esfomeado, a mãe disse: "A gula é uma coisa feia".

Amo minha filha

Comprava revistas e recortava mulheres bonitas. Guardava num plástico. Cada quinze dias, tirava fotografias. Examinava cada foto sua, ficava desanimada: não posso concorrer. Ainda tem de ser as outras. Então mandava para sua mãe as fotos das moças das revistas, com um bilhete: "Olha que lindas estas. Espero que a senhora goste. Que tenha orgulho delas". A mãe recebia, escolhia uma, trocava por outra existente na carteira e ia exibir às amigas: "Vejam minha filha, como é bonita". A mãe tinha se decepcionado quando ela nascera. Mais ainda quando ela cresceu gordinha, corcunda, os peitos grandes, andando com os pés para dentro. Tinha os dentes bonitos e por isso ria à toa, por qualquer coisa, alegre ou triste. Era um riso neurótico que dava mal-estar. Gostavam dela, era boazinha. A mãe não se conformava. E na carteira, onde devia ter o retrato da filha, ela colocava fotos de manequins, artistas de cinema e mulheres da sociedade. A filha é quem escolhia e mandava. Ficava contente com o contentamento da mãe. "Mais uma, mãe, espero que a senhora goste desta."

Sagrada família

Era muito bonita e teve o primeiro filho no primeiro ano de casamento. Quando teve o filho, por ser bonita e rica, os jornais falaram dela, do seu filho e de sua beleza. No segundo ano de casamento, o segundo filho. E por ser bonita e rica e bem vestida, os jornais falaram dela, elogiaram sua beleza e seus dois filhos. No terceiro ano, uma filha. Era rica, bonita, e tinha três filhos e os jornais falaram. Muito moça, tinha só vinte e dois anos, quando veio o quarto filho. Por ser rica, moça, bonita e ter quatro filhos, os jornais falaram dela em suas colunas sociais. Aos vinte e três anos, o quinto filho. Então, foi demais! Capas das revistas, reportagens, eleita A Mãe do Ano por ser moça, bonita, rica e ter cinco filhos. Um ano depois, grávida de novo. Sua gravidez foi acompanhada, os fotógrafos correram à maternidade, os cinegrafistas, a televisão entrou também. Ela, moça, bonita, rica, se maquiou, se penteou, vestiu-se muito bem, foi para a sala do parto, teve o filho. A cidade e o país ficaram sabendo do sexto filho daquela mulher maravilhosa. Mãe exemplar. Vive para seus filhos. Eleita pela segunda vez A Mãe do Ano ao ter o sétimo filho. Continuava moça, rica, bonita, rodeada de filhos, mostrando-os orgulhosa a tudo e todos. O oitavo veio. Capas no estrangeiro, jornais de atualidades em todos os cinemas, medalhas do governo, elogios da Unicef, telegramas de personalidades.

O marido não quer mais. "Chega, eu trabalho, venho para casa, você já quer ir se deitar: venha fazer mais um filho, benzinho!" Ela não tem mais prazer. Faz amor para fazer filhos. Não grita, nem geme, nem morde a orelha do marido. O amor é indiferente. O parto, este sim, com toda aquela dor, sofrimento, agonia. Ela tem a bacia estreita, perde sangue, fica desesperada, se machuca. Os médicos disseram: "A senhora vai se matar". Mas não há nada melhor no mundo que aquela dor sem fim, a alegria infinita dos filhos. E das capas, e dos telejornais, e dos jornais cinematográficos, e das medalhas, diplomas, faixas, placas, das honrarias dos clubes das mães e ligas de senhoras prolíficas. Da admiração que sente nas pessoas quando entra no cinema, no teatro, no clube, no restaurante, no cabeleireiro, na piscina, na igreja, no banheiro, rodeada pelas suas jóias de valor incomensurável.

Nove filhos, dez.

Onze, doze, treze.

Catorze quinze.

Dezesseis, dezessete, dezoito.

Dezenove, vinte.

E trinta, e trinta e três.

Abençoada pelo papa, mãe do mundo, senhora do universo. Haverá alguém mais bela e com mais filhos naturais, saídos do meu ventre, do que eu?

Não há.

Ela quer o título de rainha dos espaços, da mãe de todos os mundos habitados. E chama o marido, quando ele chega do trabalho: "Venha, vamos se deitar, fazer mais um filho".

O desejo

Obscenidades para uma dona de casa

Três da tarde ainda, ficava ansiosa. Andava para lá, entrava na cozinha, preparava Nescafé. Ligava a televisão, desligava, abria o livro. Regava a planta já regada, girava a agenda telefônica, à procura de amiga a quem chamar. Apanhava o litro de martíni, desistia, é estranho beber sozinha às três e meia da tarde. Podem achar que você é alcoólatra. Abria gavetas, arrumava calcinhas e sutiãs arrumados. Fiscalizava as meias do marido, nenhuma precisando remendar. Jamais havia meias em mau estado. Ela se esquecia de que ele é neurótico por meias, ao menor sinal de esgarçamento, jogava fora. Nem dá aos empregados do prédio, atira no lixo.

Quatro horas, vontade de descer, perguntar se o carteiro chegou, às vezes vem mais cedo. Por que há de vir? Melhor esperar, pode despertar desconfiança. Porteiros se metem na vida dos outros, qualquer situação que não pareça normal, ficam de orelha em pé. Então, ele passará a prestar atenção no que o carteiro está trazendo de especial, para a mulher do 91 perguntar tanto, com uma cara lambida. Ah, aquela não me engana! Desistiu.

Quanto tempo falta para ele chegar? Ela não gostava de coisas fora do normal, instituiu sua vida dentro de um esquema nunca desobedecido, pautara o cotidiano dentro da rotina sem sobressaltos. Senão, seria difícil viver. Cada vez que a rotina saía da linha, era um sofrimento, ela mergulhava na depressão. Inconsolável, nem pulseiras e brincos, presentes que o marido trazia, atenuavam.

Na fossa, rondava como fera enjaulada, querendo se atirar do nono andar. Que desgraça se armaria. O que não diriam a respeito de sua vida? Iam comentar que foi por um amante. Pelo marido infiel. Encontrariam ligações com alguma mulher, o que provocava nela o maior horror. Não dissseram que a desquitada do 56 descia para se encontrar com o manobrista, na garagem? Apenas por isso não se estatelava alegremente lá embaixo, acabando com tudo.

Quase cinco. E se o carteiro atrasar? Meu deus, faltam dez minutos. Quem sabe ela possa descer, dar uma olhadela na vitrine da butique da esquina, voltar como quem não quer nada, ver se a carta já chegou. O que dirá hoje? *Os bicos dos teus seios saltam desses mamilos marrons procurando a minha boca enlouquecida*. Ficava excitada só em pensar. A cada dia as cartas ficavam mais abusadas, entronas, era alguém que escrevia bem, sabia colocar as coisas. Dia sim, dia não, o carteiro trazia o envelope amarelo, com tarja marrom, papel fino, de bom gosto. Discreto, contrastava com as frases. Que loucura, ela jamais imaginara situações assim, será que existiam? Se o marido, algum dia, tivesse proposto um décimo daquilo, teria pulado da cama, vestido a roupa e voltado para a casa da mãe. Que era o único lugar para onde poderia voltar, saíra de casa para se casar. Bem, para falar a verdade, não teria voltado. Porque a mãe iria perguntar, ela teria que responder com honestidade. A mãe diria ao pai, para desabafar. O pai, por sua vez, deixaria escapar no bar da esquina, entre amigos. E homem, é aproveitador, não deixa escapar ocasião de humilhar a mulher, desprezar, pisar em cima.

As amigas da mãe discutiriam o episódio e a condenariam. Aquelas mulheres tinham caras terríveis. Ligou outra vez a tevê, programa feminino ensinando a fazer cerâmica. Lembrou-se de que uma das cartas tinha um postal com cenas da vida etrusca, uma sujeira inominável, o homem de pé atrás da mulher, aquela coisa enorme no meio das pernas dela. Como podia ser tão grande? Rasgou em mil pedaços, pôs fogo em cima do cinzeiro, jogou tudo na privada. O que pensavam que ela era? Por que mandavam tais cartas, cheias de palavras que ela não ousava pensar, preferia não conhecer, quanto mais dizer? Uma vez, o marido tinha dito, resfolegante, no seu ouvido, logo depois de casada, minha linda bocetinha. E ela esfriou completamente, ficou dois meses sem gozar.

Nem dizia gozar, usava ter prazer, atingir o orgasmo. Ficou louca da vida no chá de cozinha de uma amiga, as meninas brincando, morriam de rir quando ouviam a palavra orgasmo. Gritavam: como pode uma palavra tão feia para uma coisa tão gostosa? Que grosseria tinha sido aquele chá, a amiga nua no meio da sala, porque tinha perdido no jogo de adivinhação dos presentes. E as outras rindo e comentando tamanhos, posições, jeitos, poses, quantas vezes. Mulher sabe ser pior do que homem.

Sim, só que conhecia muitas daquelas amigas, diziam mas não faziam, era tudo da boca para fora. *A tua boca engolindo inteira o meu cacete e o meu creme descendo pela tua garganta, para te lubrificar inteira.* Que nojenta foi aquela carta, ela nem acreditava, até encontrou uma palavra engraçada, inominável.

Ah, as amigas fingiam, sabia que uma delas era fria, o marido corria como louco atrás de outras, gastava o salário nas casas de massagens, em motéis. E aquela carta em que ele tinha proposto que se encontrassem uma tarde no motel? Num quarto cheio de espelhos, *para que você veja como trepo gostoso em você, enfiando meu pau bem fundo*. Perdeu completamente a vergonha, dizer isso na minha cara, que mulher casada não se sentiria pisada, desgostosa com uma linguagem destas, um desconhecido a julgá-la puta, sem nada a fazer em casa, pronta para sair rumo a motéis de beira de estrada. Para que lado ficam?

Vai ver, é um dos amigos de meu marido, homem não pode ver mulher, fica excitado e é capaz de trair o amigo apenas por uma trepada. Vejam o que estou dizendo, trepada, como se fosse a coisa mais natural do mundo.

Caiu em si, raciocinando se não seria alguém a mando do próprio marido, para averiguar se ela era acessível a uma cantada. Meu deus, o que digo? Fico transtornada com estas cartas que chegam religiosamente, é até pecado falar em religião, misturar com um assunto desse, escabroso. E se um dia o marido vier mais cedo para casa, apanhar uma das cartas, querer saber? Qual pode ser a reação de um homem de verdade, que se preze, ao ver que a mulher está recebendo bilhetes de um estranho? Que fala em *coxas úmidas como a seiva que sai de você e que eu provoquei com meus beijos e com este pau que você suga furiosamente cada vez que nos encontramos, como ontem à noite, em pleno táxi, nem se importou com o chofer que se masturbava*. Sua louca, por que está guardando as cartas no fundo daquela cesta? A cesta foi a firma que mandou no Natal, com frutas, vinhos, doces e champanhe. A carta dizia: *deixo champanhe gelada escorrer nos pêlos da tua bocetinha e tomo embaixo, com aquele teu gosto bom.*

Porcaria, deixar champanhe escorrer pelas partes da gente. Claro, não há mal nenhum, sou mulher limpa, de banho diário, dois ou três no calor. Fresquinha, cheia de desodorante, lavanda, colônia. Coisa que sempre gostei foi cheirar bem, estar de banho tomado. Sou mulher limpa. No entanto, me pediu na carta: *não se esfregue desse jeito, deixe o cheiro natural, é o teu cheiro que quero sentir, porque ele me deixa louco, pau duro.* Repete essa palavra que não uso. Nem pau, nem pinto, cacete, caralho, mandioca, pica, piça, piaba, pincel, pimba, pila, careca, bilola, banana, vara, trouxa, trabuco, traíra, teca, sulapa, sarsarugo, seringa, manjuba.

Nenhuma. Expressões baixas. A ele, não se dá nenhuma denominação. Deve ser sentido, não nomeado. Tem gente que adora falar, gritar obscenidades, assim é que se excitam, aposto que procuram nos dicionários, para encontrar o maior número de palavras. Os homens são animais, não sabem curtir o amor gostoso, quieto, tranqüilo, sem gritos, o amor que cai sobre a gente como a lua em noite de junho. Assim eram os versinhos no almanaque que a farmácia deu como brinde, no Dia dos Namorados. Tirou o disco da Bethânia, comprou um LP só por causa de uma música, "Negue". Ouvia até o disco rachar, adorava aquela frase, a *boca molhada, ainda marcada pelo beijo seu.* Boca marcada, corpo manchado com chupadas que deixam marcas pretas na pele. Coisas de amantes. Esse homem da carta deve saber muito. Um atleta sexual. Minha amiga Marjori falou de um artista da televisão. Podia ficar quantas horas quisesse na mulher. Tirava, punha, virava, repunha, revirava, inventava, as mulheres tresloucadas por ele. Onde Marjori achou essas besteiras, ela não conhece ninguém de tevê?

Interessa é que a gente assim se diverte. Se bem que se possa se divertir, sem precisar se sujeitar a certas coisas. Dessas que a mulher se vê obrigada, para contentar o marido e ele não vá procurar outras. Que diabo, mulher tem que se impor! Quem pensam que somos para nos utilizarem? Como se fôssemos aparelhos de barba, com gilete descartável. Um instrumento prático para o dia-a-dia, com hora certa? Como os homens conseguem fazer barba diariamente, na mesma hora? Nunca mudam. Todos os dias raspando, os gestos eternos. É a impressão que tenho quando entro no banheiro e vejo meu marido fazendo a barba. Há quinze anos, ele começa pelo lado direito, o esquerdo, deixa o queixo para o fim, apara o bigode. Rio muito quando olho o bigode. Não posso esquecer um dia que os pelinhos do bigode me rasparam, ele estava com a cabeça entre as minhas pernas, brincando. Vinha subindo, fechei as pernas, não vou deixar fazer porcarias deste tipo. Quem pensa que sou? Os homens experimentam, se a mulher deixa, vão dizer que sou da vida. Puta, dizem puta, mas é palavra que me desagrada. E o bigode fez cócegas, ri, ele achou que eu tinha gostado, quis tentar de novo, tive de ser franca, desagradável. Ele ficou mole, inteirinho, durante mais de duas semanas nada aconteceu. O que é um alívio para a mulher. Quando não acontece é feriado, férias. Por que os homens não tiram férias coletivas? Ia ser tão bom para as mulheres, nenhum incômodo, nada de estar se sujeitando. Na carta de anteontem ele comentava *o tamanho de minha língua, que tem ponta afiada e uma velocidade* de não sei quantas rotações por segundo. Esse homem tem senso de humor. É importante que uma pessoa brinque, saiba fazer rir. O que ele vai fazer com uma língua a tantas mil rotações? Emprestar ao dentista para obturar dentes? Outra coisa engraçada que a carta falou, só que esta é uma outra carta, chegou no mês passado, num papel azul bonito: queria me ver de meias pretas e ligas. Ridículo, mulher nua, de pé no meio do quarto, com meias pretas e ligas. Nem pelada nem vestida. E se eu pedisse a ele que ficasse de meias e ligas? Arranjava uma daquelas ligas antigas, que o meu avô usava e deixava o homem pelado com meias. Igual fazer amor de chinelos. Outro dia, estava vendo o programa do Silvio Santos, no domingo. Acho o domingo um dia muito chato, sem ter o que fazer, as crianças vão patinar, meu marido passa a manhã nos campos de várzea, depois almoça, cochila e vai fazer jockeyterapia. Ligo a televisão, porque o programa Silvio Santos tem quadros muito engraçados. Como o dos casais que respondem a perguntas, mostrando que se conhecem. O Silvio perguntou aos casais se havia alguma coisa que o homem tivesse tentado fazer e a mulher não topou. Dois responderam que elas topavam tudo. Dois disseram que não, que a mulher não aceitava sugestões nem achava legal novidade. A que não topava era morena, rosto bonito, lábio cheio e dentes brancos, sorridente, tinha cara de quem topava tudo e era exatamente a que não. A mulher franzina, de cabelos escorridos, boca murcha, abriu os olhos desse tamanho e respondeu que não havia nada que ele quisesse que ela não fizesse e a cara dele mostrava que realmente estavam numa boa. Parece que iam sair do programa e se comer.

Como se pode ir a público e falar desse jeito, sem constrangimento, com a cara lavada, deixando todo mundo saber como somos, sem nenhum respeito? Há que se ter compostura. Ouvi esta palavra a vida inteira e por isso levo uma vida decente, não tenho do que me envergonhar, posso me olhar no espelho, sou limpa por dentro e por fora. Talvez por isso me lave tanto, para me igualar, juro que conservo a mesma pureza de menina encantada com a vida. Aliás, a vida nunca me desiludiu em nada. Tive pequenos aborrecimentos e problemas, nunca grandes desilusões e nenhum fracasso. Posso me considerar realizada, portanto satisfeita, sem invejas, rancores. Sou uma das mulheres que as famílias admiram neste prédio. Uma casa confortável, bem decorada, qualquer uma destas revistas de onde tiro as idéias podia vir aqui e fotografar, não faria vergonha. Nossa! Cinco e meia, se não voar, meu marido chega, o carteiro entrega o envelope a ele, vai ser um sururu. Sururu ou suruba? Prestem atenção, veja a audácia do sujo, me escrevendo, semana passada. (Disse que faz três meses que recebo as cartas? Se disse, me desculpem, ando transtornada com elas, não sei mais o que fazer de minha vida, penso que numa hora acabo me desquitando, indo embora, não suporto esta casa, o meu marido sempre na casa de massagens e na várzea, esses filhos com patins, skates, enchendo álbuns de figurinhas e comendo como loucos.) Semana passada o maluco me escreveu: *Queria te ver em uma suruba, ia te pôr de pé no meio do salão e enfiar minha pica dura como pedra bem no meio da tua racha melada, te fodendo muito, fazendo você gritar quero mais, quero tudo, quero que todo mundo nesta sala me enterre o cacete.*

Tive vontade de rasgar tal petulância, um pavor. Sem saber o que fazer, fiquei imobilizada, me deu uma paralisia, procurei imaginar que depois de estar em pé no meio da sala recebendo um homem dentro de mim, na frente de todos, não me sobraria muito na vida. Era enfiar a cabeça no forno e ligar o gás. Entrei em pânico quando senti que as pessoas poderiam me aplaudir, gritando bravo, bravo, bis, e sairiam dizendo para todo mundo: "Sabe quem fode como ninguém? A rainha das fodas?". Eu. Seria a rainha, miss, me chamariam para todas as festas. Simplesmente para me ver fodendo, não pela amizade, carinho que possam ter por mim, mas porque eu satisfaria os caprichos e as fantasias deles. Situações horrendas, humilhantes, desprezíveis para mulher que tem um bom marido, filhos na escola, uma casa num prédio excelente, dois carros. Suruba, surubinha.

Apanho a carta, como quem não quer nada, olho distraidamente o destinatário, agora mudou o envelope, enfio no bolso, com naturalidade, e caminho até a rua, me dirijo para os lados do supermercado, trêmula, sem andar direito, perna molhada. Fico ansiosa, deve ser uma doença, me molho toda, o suco desce pelas pernas, tenho medo que escorra pelas canelas e vejam. Preciso voltar, desesperada para ler a carta. O que estará dizendo hoje? Comprei puropurê, tenho dezenas de lata de puropurê. Cada vez que desço para apanhar a carta, vou ao supermercado e apanho uma lata de puropurê. O gesto é automático, nem tenho imaginação de ir para outro lado. Por que não compro ervilhas? Todo mundo adora ervilhas em casa. Se o meu marido entrar na despensa e enxergar esse carregamento de puropurê vai querer saber o que significa. E quem é que sabe?

É dele mesmo, o meu querido correspondente. Confesso o meu pavor de me sentir apaixonada por esse homem que escreve cruamente. Querer sumir, fugir com ele. Se aparecer, não vou agüentar, basta ele tocar este telefone e dizer: "Venha, te espero no supermercado, perto da gôndola do puropurê". Desço correndo, nem faço as malas, nem deixo bilhete. Vamos embora, levando uma garrafa de champanhe, vamos para as festas que ele conhece. Fico louca, nem sei o que digo, tudo delírio, por favor não prestem atenção, nem ligue, não quero trepar com ninguém, adoro meu marido e o que ele faz é bom, gostoso, vou usar meias pretas e ligas para ele, vai gostar, penso que vai ficar louco, o pau endurecido querendo me penetrar. Corto o envelope com a tesoura, cuidadosamente. Amo estas cartas, necessito, se elas pararem

31

vou morrer. Não consigo ler direito na primeira vez, perco tudo, as letras embaralham, somem, vejo o papel em branco. Ouça só o que ele me diz: *Te virar de costas, abrir sua bundinha dura, o buraquinho rosa, cuspir no meu pau e te enfiar de uma vez só, para ouvir você gritar.* Não é coisa para mulher ler, não é coisa decente que se possa falar a uma mulher como eu. Vou mostrar as cartas ao meu marido, vamos à polícia, descobrir, ele tem de parar, acabo louca, acabo mentecapta, me atiro deste nono andar. Releio para ver se está realmente escrito isso ou se imaginei. Escrito, com todas as palavras de que não gosto: pau, bundinha. Tento outra vez, as palavras estão ali, queimando. Fico deitada, lendo, relendo, inquieta, ansiosa para que a carta desapareça, é uma visão, não existe, e, no entanto, está em minhas mãos, escrita por alguém que não me considera, me humilha, me arrasa.

Agora, escureceu totalmente, não acendo a luz, cochilo um pouco, acordo assustada. E se meu marido chega e me vê com a carta? Dobro, recoloco no envelope. Vou à despensa, jogo a carta na cesta de Natal, quero tomar um banho. Hoje é sexta-feira, meu marido chega mais tarde, passa pelo clube para jogar *squash*. A casa fica tranqüila, peço à empregada que faça omelete, salada, o tempo inteiro é meu. Adoro as segundas, quartas e sextas, ninguém em casa, nunca sei onde estão as crianças nem me interessa. Porque assim me deito na cama (adolescente, escrevia o meu diário deitada) e posso escrever outra carta para mim mesma. Colocando amanhã, ela me será entregue segunda. O carteiro das cinco traz. Começarei a ficar ansiosa de manhã, esperando o momento de ele chegar e imaginando o que vai ser de minha vida se parar de receber estas cartas.

Coxas brancas no trem da tarde

Desta vez me arrebento, nem sei como sair. Elas gritam na porta do banheiro, o chefe do trem gira a fechadura. A mulher chora sem parar, desgraçada, não foi tanto. Se me sair bem, não prometo nada, vou continuar, gosto disso, é assim que me dá prazer, me diverte. Cada um na sua, não acham? Tudo começou anteontem, quando cheguei em Jahu (o *h* ainda continua?).

1) MULHER SENTADA NA BANQUETA

O ascensorista corcunda tem olheiras enormes e lábios caídos, como um indígena exótico em velhos filmes americanos.

– Você dobrou o turno?

– Dobrei, a vaquinha faltou.

– E agüenta?

– Estou faltando, cansado.

Soava ridículo este fatalmente cansado na boca de um corcunda de lábios caídos.

– Só tem você?

– Já disse, a vaquinha faltou.

– Quem é ela?

– A biscatinha que faz o turno do dia. Tem coisa com o gerente, trabalha quando quer, eu é que entro bem.

– Dá só para o gerente ou para os hóspedes também?

– Pode ser, pode ser. É de se ver o jeito que senta na banqueta, perna cruzada, coxa de fora.

– O quê?

– Senta nesta banqueta com a perna cruzada e a coxa de fora.

– Dá para ver toda a coxa?

– Quase.

– E lá embaixo? Se vê tudo?

– Nunca vi. Queria, mas as pernas são grossas, fica muito fechado.

– Bem grossas?

– Por que tanta pergunta, amigo?

2) OLHANDO AS CASAS DE ROMA

Se é que se pode chamar de apartamento este quarto que cheira carpete mofado, hotel pulgueiro beira de estação. Por que não cheguei antes? Teria visto a ascensorista, quem sabe conseguido. Vou à janela: a pracinha deserta, as portas da estação fechadas. A cidade morre entre cinco e meia e sete, é inútil observar, querer. Melhor desfrutar o livro. Levei um mês para articular o roubo e sair com ele debaixo do braço. A segurança na biblioteca é forte, quase não escapa nada. Um livro grande, cem pranchas: LES EDIFICES ANTIQUES DE ROME, MESURÉS ET DESSINÉS TRÈS-EXACTEMENT SUR LES LIEUX PAR FEU M. DE GODETES, ARCHITETE DU ROI. NOUVELLE EDITION. A PARIS. CHEZ CLAUDE ANTOINE JOMBER, FILS. AINÉ; DE L'IMPRIMERIE DE

MONSIEUR, M. DCC. LXXIX. AVEC APPROBATION, ET PRI-VILÈGE DU ROI. (xii) 140 pags vinhs.

Passo horas na contemplação destas pranchas, absorvendo casas e edifícios romanos, as linhas das colunas, frisos, capitéis, a pureza do traçado, o rigor, a exatidão, o clássico. Sou capaz de ficar semanas num só desenho, até captá-lo inteiramente. Só que hoje não me concentro, imagino a ascensorista que faltou, pernas cruzadas, coxas grossas.

3) TEM QUE SER NO TREM, ÔNIBUS NÃO

Não me julguem mal, não podem fazer um retrato meu baseado neste quarto. Pensam que me sinto bem? Nem por so-nhos, a única vantagem desta imundície é a localização sobre a praça da estação. Por mim, estaria no melhor hotel. O Colonial tem pátio central e varandas. Só que não adianta, é distante, não vejo quem vai embarcar, apanhar o trem. Em ônibus não é a mesma coisa, não funciona. Olhe, também não me avalie pelo roubo do livro, exemplar raríssimo de 1779. Nem decidi se vou ficar com ele ou devolvê-lo. Não sou ladrão de obras raras, ou rato de bibliote-ca, muito menos bibliófilo, desses que se maravilham em sebos e antiquários com volumes empoeirados e escuros. É que este livro é especial, não tem arquiteto que não goste. O professor de dese-nho costumava levá-lo à aula, uma maravilha.

4) CUIDADO COM AS QUE ATRAVESSAM

Acordei com fome, mais de meio-dia, busquei frutas na car-rocinha da praça. Devia estar na décima banana-maçã (devoro aos montes, ainda que me prendam o intestino) quando ela surgiu, entrando na praça à direita do meu binóculo. O rosto coberto pela sombrinha estampada em tons violentos, mas as pernas visíveis.

Grossas e bem torneadas, daquele jeito que gosto, depiladas com gilete, certamente, porque os pelinhos eram mal cortados.

Ela entrou na estação, em direção à bilheteria. Então corri. Mesmo sabendo que podia estar enganado. Ainda ontem disparei atrás de uma e quando cheguei ela estava atravessando a plataforma, os trilhos, cruzando para o outro lado da cidade. Muita gente faz isso, corta caminho. Corri, daqui a dez minutos vem um trem. E, se ela tomar, vou junto.

5) SÃO POUCAS NOS TRENS DA TARDE

Gostei mais ao vê-la de perto. Tinha um leve cheiro de suor. Não sei se vocês têm idéia, detesto desodorante, lavandas, tudo que desfigura o cheiro de pele fresca. Sujeira, não. Uma pessoa limpinha, bem lavada, é deslumbramento. Não olhei o rosto, gosto de imaginá-la assim, pernas e coxas, e sem expressão. Posso me decepcionar. Principalmente se ela tiver buço, bigodinho leve, isso estraga tudo.

Subiu na primeira classe. Velhos vagões de madeira, vidraças com bandeiras amarelas, daqui a pouco fora de circulação. Fazem pequenos trajetos, estão condenados, cada vez menos passageiros. Alguns estudantes, um e outro viajante que não comprou automóvel (verdadeiro suicídio), mulheres com trouxas de pano (o que haverá dentro?). Poucas mulheres, por isso não gosto dos trens da tarde. E pelos noturnos elas não viajam sozinhas. Fui devagar, apalpando assentos, pretendendo procurar um banco bom. Assim que ela se sentou, me instalei. Estrategicamente. Vantagem dos vagões antigos, o encosto se desloca, você pode ficar de frente para o outro. Se bem que não fiquei à sua frente, me mantive em posição discreta. Abri o livro (coisa mais incômoda, as pranchas têm quase cinqüenta centímetros), mergulhei nas casas romanas. Quer dizer, fingi mergulhar.

6) À ESPERA DE UM PONTO DE FUGA

Não se deve olhar, imediatamente. Primeiro, pretender que se está absorvido em alguma coisa. Daí o livro, que espanta pelo tamanho.

Com o lápis, eu seguia as linhas dos edifícios, analisava os desenhos. Sabia que ela me observava. Deixei cair uma folha, recolhi, depois de perceber que ela tinha matado a curiosidade. Deixou de me contemplar, desviou-se para a janela. Agora, era a minha vez. Ela se mantinha quase rígida. A viagem, ainda em começo, não tinha se descontraído. Suas pernas muito juntas, apertadas, o vestido justo chegando ao joelho. Um joelho bonito, redondo, saliente. Voltei aos desenhos até o momento em que minha boca começou a secar. Eu estava pronto. As pernas dela, nesse instante, ficaram ligeiramente entreabertas, podia-se ver centímetros de coxas. Faltava pouco para ela se soltar inteiramente. O balanço do trem, a lerdeza, logo me ajudariam. Fica a modorra, lassidão, o calor da tarde. Aquelas coxas devem estar úmidas e a pele, lá na profundeza, pegajosa, uma perna colada à outra.

Ela não se move, presa à paisagem. Cafezais em ruínas, terras aradas, cana a perder de vista. Minha língua arde, espero o carrinho de bebidas, se bem que não adianta líquido, posso tomar litros. As pernas se entreabrem mais, me inclino para o lado, a perspectiva não é favorável, vejo tudo com certa distorção. Procuro um ponto de fuga, a partir dele posso me situar, do mesmo modo que me situo e consigo analisar o desenho dos edifícios romanos nas pranchas do livro. Queria que ela me percebesse olhando. É mulher simples, vejo pelo vestido, o sapato plástico, as mãos maltratadas, e isto me estimula. Casada, solteira, noiva, operária, comerciária? Na faculdade, tinha um amigo, saíamos todas as tardes no carro, rondávamos pontos de ônibus, em busca de comerciárias que tivessem pêlos debaixo do braço.

Está se movendo, vira a cabeça em minha direção. Abaixo os olhos, não é o momento de me apanhar na vigília. Agora, olha para a paisagem do lado de cá, estamos entre rochas escuras. Balança as pernas ao ritmo do trem, se ajeita, se remexe, sorte minha que tais bancos sejam incômodos. Cada vez que se move, o vestido sobe, ela puxa sem convicção, num gesto automático, condicionado. A mão junto ao joelho. Com as unhas ela coça, os dedos sobem pela perna. Está de cabeça baixa, observando a pele, coçando mais um pouco, depois larga a mão, sem se preocupar com o vestido que subiu.

Preciso de água, a boca pega fogo, meu corpo amolecido, é assim que gosto de ver, ela cede, sem se entregar, não me concede, me limita, quero penetrar mais, sou bloqueado. O livro de edifícios romanos cobre meu colo, a calça quer estourar do lado esquerdo, me comprime, o pau, dolorido, lateja. De dia não tenho coragem. Uma vez, à noite, tirei para fora e deixei a suéter por cima, e quando mostrei a mulher riu, era putona, as putonas não me interessam.

7) POR QUE ODEIO RÁDIO TRANSISTOR

Nas vesperais do cine Odeon, quando a luz se apagava, eu me sentava junto ao corredor e olhava. Todos os domingos, no mesmo lugar, onde ela estava. Era uma menina de pele muito branca, estudava no ginásio, no entanto, durante a semana me ignorava. Mas ali no escuro da sala, na tarde de domingo, ela cruzava as pernas e me deixava penetrá-la. Quando o filme ficava claro, o olhar chegava lá no fundo, via a calcinha branca. Eu chupava drops de hortelã e mastigava bala Chita, mas a saliva desaparecia, a boca esquentava, era a única sensação ruim. Quantas vezes tentei me sentar a seu lado. Ela recusava. Quando cruzava as pernas, nem sequer me olhava, fixava a tela; mas eu sabia, estava deixando, permitia, gostava, queria. Se eu não estivesse ali, a matinê não tinha graça para ela. Mostrava, mas um dia, quando tentei mostrar o meu, virou a cara e nunca mais me olhou, passou a me ignorar, da mesma forma que fazia no ginásio.

Subitamente, desaparece a menina de pele branca das matinês, volta este vagão. Alguém ligou um transistor. Um bolerão invade o carro, me perturba, o sujeito gira o dial, vozes desencontradas, trechos de comerciais, noticiários, músicas, o homem não se contenta, não descobre o que quer, o barulho me irrita, estava tão bom o vagão deserto, o rádio inconveniente dissolveu as coxas brancas das matinês do Odeon. Onde estarão hoje?

8) TANTA ÁGUA NO CHÃO DO BANHEIRO

A mulher recostou a cabeça, tem os olhos fechados, descruzou as pernas. Toda solta, braços largados. Como dorme feio, de vez em quando a cabeça cai, ela se assusta, se acomoda de novo.

O vestido displicente, no meio das coxas, as pernas separadas, basta que eu me abaixe um pouco, para ver o fundo, atingir sua calcinha. Deixo cair uma folha dos edifícios romanos, me inclino para apanhar. Meu deus, ela usa calcinha mínima, tanga, o tecido entrou pela racha, posso ver os pêlos negros, fico ofegante, me vem a dor da espinha. Por que sempre esta dor estranha? Logo agora que estou bem, observando as pernas (colunas), os frisos, a pureza do traçado, a exatidão, o rigor. É uma mulher simples, bem-feita, torneada, modelo clássico. Seria capaz de ficar semanas nesta contemplação, até captá-la inteiramente.

Queria me aproximar, sentir o cheiro, colar meu rosto a estas coxas pontilhadas de suor, mordê-las. Rastejo pelo chão, como soldado amedrontado em campo inimigo. Me arrasto, sem barulho, até chegar às pernas. O sapato plástico junto ao meu nariz, olho para cima, visão total, campo imenso, branco, marcado por pêlos negros, limitado pela calcinha rosa, mínima. Vontade de gritar, de me levantar, tirar para fora, mostrar para ela, implorar, venha comigo, vamos ao banheiro.

E aí o sujeito com o transistor me dá um pontapé nas costas, grito, a mulher acorda, grita também, "o que está fazendo aí", e o sujeito do rádio, filho-da-puta, diz: "estava com a cara no meio de suas pernas". Ela salta para cima do banco, tem o olhar apavorado, não sabe o que fazer. Muito menos eu. O sujeito mete o pé de novo, chama o chefe do trem. Consigo me arrastar, me liberto do pé, me levanto como um gato, agarro o livro, o sujeito grita: "Pega tarado!".

Corro para o banheiro, ah, pegá-la também, arrastá-la, não estar sozinho no banheiro como estou agora. Nem dá para ficar aqui, alguém deixou a torneira aberta, a pia entupiu, o chão cheio de água, molhei os sapatos, os pés. Como trazer alguém a um banheiro imundo, os trens não são como antes. E os trens são a última oportunidade para um homem como eu. Quando eles desaparecem, como poderei descobri-las? Os ônibus não são iguais, rodam cheios.

Posso gozar, com os pés encharcados e este cheiro que sobe da bacia? Se eu pedisse, será que ela me daria, concordaria em uma viagem de leito nos trens noturnos? O trem corre, apita nas curvas, nas pequenas estações, se eu soubesse o momento em que vai apitar, poderia gritar junto, gritar quando o gozo chegasse. Não posso, tenho que me controlar, estou cansado de jogar este grito para dentro. Há quantos anos o grito não sai, bloqueado?

Bloqueado desde aquela manhã na estação cheia, início de férias, eu e meus irmãos, meu pai correndo para guardar lugar no vagão. Minha irmã subindo, depois minha avó, e eu atrás, e quando ela chegou ao alto da escada, o vestido subiu, vi aquele trecho branco de coxa enrugada, a perna envolvida na meia preta, os sapatos fechados, sapatos que sempre pensei serem de homem. Naquela hora quis gritar, quando o relâmpago me bateu, "olha as coxas brancas da Vó", mas meu irmão me empurrou. Subi, perdi as coxas, o grito foi engolido, mas aquele pedaço luminoso de perna enrugada me acompanha, nunca vou me libertar dele. Quero!

– Abra, é o chefe do trem. Abra ou arrombamos, vai ser pior para você!

– Vou já, estou acabando.

Esta janela não abre. As janelas dos banheiros nunca se abrem, vai ver são lacradas, com medo que alguém viaje sem pagar passagem e pule por ela na estação. Por causa destes cretinos que não pagam passagem, agora vou me foder. O jeito é quebrar o vidro.

41

– Abre, que vamos arrebentar.

– Lincha o tarado.

Não vou ver nada. Arranco o paletó, coloco junto ao vidro, forço com o ombro, de costas, o vidro estilhaça, limpo os cacos o melhor que posso. Passo o corpo e me atiro, gritando, rolando pelo barranco, bem agarrado ao meu precioso exemplar dos edifícios romanos desenhados por Desgodets. Gritando e gozando.

Rosajeine tira a roupa

Duas peças sobre o corpo e, quando elas caírem, Rosajeine será minha. Não estou tremendo nem sinto a garganta seca, como acontece quando me emociono. Desta vez é mais que emoção. É amor, paixão. Devia dizer isto de outro modo. Fazer com que o meu amor por Rosajeine parecesse como uma coisa linda. Outro dia fiquei pensando: a gente podia viver uma história de chorar como *Love story*. Vi a fita quatro vezes e solucei tanto que as pessoas à minha volta riram. Mas elas tinham os olhos úmidos quando as luzes se acenderam. Rosajeine também chorou, e ela não é fácil chorar. Teve uma vida, que vida. *A mão de Rosajeine sobre o sutiã, a minha língua se trava, estou imobilizado.* Eu e ela, Rosajeine minha, só minha. A mão desliza, o sutiã continua no lugar. Certas coisas a gente guarda. Só para a gente. São coisas que sabemos observar do nosso ponto de vista. O jeito de Rosajeine comer. É um deles. Eu a observei muitas e muitas vezes. Calado, apenas olhando. Eu não comia, contemplava. Fascinado com as suas mãos. Que cortavam a pizza em quadradinhos miúdos, deixando exatamente um pedaço de calabresa sobre cada um. Então, ela depositava a faca. Cuidadosamente, à sua esquerda (confesso, ela é canhota, o que não a torna muito elegante, mas quem está aqui falando de elegâncias?) e tomava um gole de cerveja preta. Limpava a espuma dos lábios e apanhava o garfo. *O sutiã se entreabre um pouco, muito pouco, o suficiente para me deixar querendo ver tudo. Ergo a minha mão. Suavemente.* O garfo apanhava o quadradinho de pizza da esquerda. O primeiro de baixo. Levado à boca, a língua se estendia. E tomava a pizza. Achei feio este gesto, nas primeiras vezes. Aquela língua estendida machucava a beleza de Rosajeine. Mas era um segundo. Alguma coisa parecida com a língua de um camaleão. Tchuf, e a presa desapareceu. Vinha depois o segundo quadradinho. O terceiro, a fila de cima, até terminar a última fila. E ela apanha. Um novo pedaço. *Eu querendo, sentindo, e agora posso ver todo o seu seio empinado. Meu, que coisinha.* Não entendo como Rosajeine nunca engordou um só grama. Comendo tanta pizza e massas como ela come. Tem um porquê nesta história: pizzas e massas são o mais barato que se pode comer em São Paulo. Do caro, nem pensar. Aliás, eu, pessoalmente, não sei o que possa ser comida cara ou grã-fina. Imagino pratos fabulosos, mas no tamanho. Não no requinte. Quem usa esta palavra "requinte" é o Eduardo, colega meu, chefe de seção, que gasta todo o dinheiro em sapatos e roupas. E na noite. Eduardo conta que vai ao Gigetto, ao Giovanni Bruno, ao Piolim, e que corta cabelo com o Pacheco, um homem com quem é preciso marcar com quinze dias de antecedência. Acredito? "Essa mulher é um horror", me dizia Eduardo. "Tem dentinhos para a frente. Por que não namora uma menina daqui da seção mesmo? Olha a Vanda, parece até que gosta de você." *Um seio empinado, depois o outro. E os mamilos marrons, escuros, escuros. Grandes. E Rosajeine sorri, me chama, pisca o olho direito. Minha. Quase.* Na seção, tem duas Vandas, a da Penha e a de Vila Prudente. A da Penha é melhorzinha, mais cheia de corpo, mais engraçada, fala palavrões. As outras mulheres não gostam de Vanda da Penha, acham que ela é muito saliente. Mas sabe como é funcionária pública velha. Uns bagulhos. Eu não saía com nenhuma, nem por todo o salário delas. Falando em dinheiro, tenho gasto bastante. Por causa de Rosajeine. Mais do que posso. Há dois meses atraso a pensão. Não fosse o empréstimo do Murilo, o agiota, eu tinha sido despejado. Mas está tudo sob controle. Vem aí um abono, pago o Murilo e tudo bem. Que vale a pena, afinal. Nunca saí da reta. *Agora, só uma peça, uma barreira mínima. Rosajeine tem um corpo. Cintura fina, o tórax desenvolvido, os dois seios empinados no meio. A minha mão se move.* Cinema é coisa que Rosajeine gosta. Vê todos os filmes. Só vai em cinema do centro e na sessão das sete às oito, única hora de folga em seu emprego. Senta-se no meio, coloca uns óculos engraçados. As hastes são cheias de plaquinhas prateadas; dessas que as vedetes colocam nos maiôs. Não sabia que ela usava óculos. Rosajeine nunca perdeu uma só fita da série *Kung Fu*, era fã do Bruce Lee, esse chinês que morreu quando ficou famoso. Que azar, cara. Morrer assim no auge. E cheio da grana. Depois do cinema, saíamos. Um chá gelado naquela casa da São João, quase esquina da Ipiranga. Gelado e um pingo de limão. Não queria comer nada. Comprava um chiclete de canela e ia direto para o emprego. *Vejo somente ela, a sua tanga mínima, os seus movimentos lânguidos.* A palavra "lânguido" também é do Eduardo. Não sei onde ele arranja esse vocabulário. Às vezes, não entendo. Mas acho engraçada, ajustada. Gosto de pensar nisso: lânguido. O que é lânguido? Será que tem alguma coisa a ver com sensual? Sensual, sensual. Isto é bom. Rosajeine é sensual, eu sou também. Por isso a gente se dá bem. Eletricidade. Sempre em

45

contato. Não precisa ligar, estamos permanentemente unidos. Voltas e mais voltas. É isso: eu queria saber umas coisas bacanas a respeito de nós dois. Não consigo. Sou um cara chão, de poucos estudos, pouca leitura. Não tenho tempo de ler. Dois empregos, um das nove às cinco, o outro das seis à meia-noite. Um no funcionalismo. O outro, um bico num escritório de contabilidade. O que tenho faltado, por causa de Rosajeine. E ela nem liga, não quer saber. Não que se trate de uma mulher fria. Que quer me destruir. Ela tem os problemas dela. Eu que tenha os meus. Sabe a verdade? Nunca contei a ela o que faço nem quanto ganho, o que posso e não posso. Um dia, estas verdades virão à tona. A frase não é minha, é da televisão. Acho boa, uso sempre. Tem vez que uso e ela nem faz sentido. No entanto, quando gosto de uma coisa fico meio bobo. É o que se passa, em relação à Rosajeine. Confesso que se trata muito mais de desejo. Tenho uma vontade louca dessa mulher. Então, tudo é válido para me satisfazer. Pensar em quê? Em responsabilidades? Sou solteiro, vivo sozinho, tenho 43 anos. Satisfação para quem? Meu pai morreu, minha mãe mora em Araraquara, vou visitá-la no Natal e Ano-Novo. Este ano terei que ir em agosto, ela faz oitenta anos. Vai ter missa, almoço com os parentes, tudo. Será que Rosajeine concorda? Topa ir? *Os dedos puxam os cordões da tanga. Em um segundo, ela estará nua. A pele morena solta. Ela, completamente à vontade.* Claro que está à vontade. Por que não? É coisa que Rosajeine gosta. Ficar nua. Nada, nada sobre o corpo. Sou bobo mesmo. Se alguém está nu, não tem nada sobre o corpo. Rosajeine podia posar para uma dessas revistas de mulher. Tem tudo igual, principalmente as coxas. Um pouco curtas, mas grossas, torneadas. Tinha um sujeito na praça da República que torneava mulheres. Em madeira. Depois envernizava. Aos domingos, eu passava, ficava olhando o jeito dele com o canivete. Havia moças que posavam, mas as estatuetas tinham todas a mesma cara, não se pareciam com as moças. Pensei em dar uma de presente para a Rosajeine. Custavam 300 cruzeiros. Pode alguém que ganha 900, fora os descontos, comprar uma coisa dessas? Será que ela ia gostar? Podia contar muito ponto a meu favor. *A tanga está presa na ponta dos dedos do pé esquerdo. É uma brincadeira que ela gosta de fazer. Erguer o pé com a tanga preta e atirá-la.* Agora sim, a garganta está seca, começo a tremer. Chegou a minha vez. Com momentos assim sonhei sempre. Quando vi Rosajeine nua pela primeira vez, me assustei. Pensei: mereço isto? Achei que sim, não sou tão mau, tão de jogar fora. Ela sabe tanto, tive que aprender, ler livros. Felizmente, as bancas estão cheias de livros que instruem. Tem uns livrinhos que são demais. Porém o jornaleiro precisa conhecer a gente. Estar acostumado. Senão pensa que é polícia e não vende. Um amigo comprava para mim, depois fiquei freguês. Uma ou duas vezes por semana, eu passava por lá. Antes de ir até o restaurante onde Rosajeine costuma jantar. Tinha sempre uma revista nova (meio mal desenhada, olhem lá). Fico admirado como conseguem imaginar tanta coisa. Os caras devem freqüentar mesmo muitas mulheres. Conhecem cada uma. Eu tinha um pouco de vergonha de observar Rosajeine com aquela revista dentro do bolso. Ela não sabia. Da revista. Bem dobrada, escondida. Além de tudo, eu costumava ficar por trás de uma vitrina que tem no restaurante Papai. Porque sabia. Ela comia sempre na segunda mesa, à esquerda. E o meu posto de vigia era perfeito. Como se estivesse sentado à mesa com ela. Mesmo que fizesse frio ou garoasse, na terça e na sexta, eu estava lá. Contemplando. *Ela atira a tanga e eu fecho os olhos, antegozando o momento. Minha Rosajeine.* Olhava o seu modo peculiar de comer a pizza, dividindo-a em quadradinhos. A vontade de sentar-me àquela mesa e conversar com ela. E o dinheiro? A roupa? Eu me sentar lá com este terninho cambaio, pago em prestações? Confesso, não é o terno nem o dinheiro. É a falta de coragem. A mesma que me dá no cinema, quando me sento na fila atrás dela. Sigo, desde que ela sai do hotel até que compra um Mentex (compro um chocolate Prestígio, desses que têm coco rançoso), senta-se. Abre a bolsa, tira os óculos de chapadinhos prateados. Rosajeine não olha para ninguém, não dá bola. Vê o filme. Ri, se tem de rir. Chora, se tem de chorar. E vai embora. Preciso parar de vir ao cinema, são 16 cruzeiros por sessão, mais o que me descontam na seção por chegar atrasado. Estou fixado nesta mulher. Doido de tudo. Só penso nela. *Agora Rosajeine está de pé. Nua, de frente para mim.* E o homem ao meu lado grita: tira tudo, tira. Rosajeine sorri. *Nua, para mim.* E para o homem também. Para os vinte gatos pingados que freqüentam este teatro, ao meio-dia. Para mim, nua, completamente. *À vontade, sorrindo.* Sabem o que faço? Qualquer hora roubo a foto dela. A que está nos cartazes, lá fora. De frente, nua. Meu deus, por que essas mulheres que fazem *striptease* não tiram aquele maldito tapa-sexo?

O gozo atrás da árvore

É demais, o que estão pensando? Que posso ficar à disposição deles, num frio desses? Há quantas horas imaginam que estou parado diante deste cinema? Mais de três, em pé, esperando. Merda de cinema, quase ninguém freqüenta. Então, por que não vou para a frente de outro? Tem outro com fita de sacanagem tão boa quanto esta? Nenhum. Puta de uma trepação na tela, juro que vi um pau entrando na xoxotinha da artista. Já assisti a todos os filmes do centro da cidade. Não pensem que foi só uma vez. Tem fita que vi trinta vezes, decorei as cenas, podia até trabalhar numa. Não pensem que meu sonho é trabalhar em cinema. Sempre achei uma bobagem, nunca acreditei que os caras pudessem ser tão rápidos para sacar um revólver. Ou agüentassem bater tanto e apanhar, sem machucar as mãos e a cara. Tive uma briga, certa vez, com o lanterninha do cinema, dei um soco na testa dele e fiquei dois dias de mão inchada. Sem contar o que apanhei, porque ele era forte e sou o que estão vendo, franzino, assustado. Foi uma puta que me disse: "Você tem a cara assustada. Está com medo? É a primeira vez?". Filha-de-uma-mãe. Primeira vez. Pode? Mal sabe quantas mulheres trepei nos meus quarenta e três anos de vida. Mais do qualquer pessoa possa pensar. Ninguém calcula quantas mãos pegaram este meu cacete que demora tanto a gozar. Para delícia das mulheres, ficam loucas.

Está bem, querem saber por que escolhi este cinema da rua Aurora. Disse, não me ouviram. E se não ouviram é porque ficaram surdos. Devem ser todos punheteiros. Sabem que punheta deixa a pessoa surda, além de fazer mal ao coração e ao fígado? Tem aí um médico para me explicar se é verdade?

Ninguém, deve ser mesmo o frio. Gente burra, nada melhor que o friozinho para apanhar a namorada e entrar no cinema, sentar-se nas poltronas do fundo e dar o malho. Um bom de um agarro, bolinação, mão na xoxota, mão no cacete, chupar o peito, chupar o pau, pau nas coxas, pau nos buracos todos. Outro dia, tive uma sorte danada. Peguei um casal que estava mesmo atrasado. Foi demais, nem entrou o cara arrancou as calcinhas dela. E abaixou as própias calças, ali à minha vista, ficaram numa fodeção de dar gosto. Acho que me viram e nem ligaram, queriam é sacanear. Duas horas sem parar, eu não agüentava mais, queria gritar, dar no sujeito, dizer chega, é demais. Qualquer dia, meto um martelo na cabeça de um desses. Saíram, saí atrás, queria saber onde moravam, para olhar a janela, de noite, se não fosse prédio. Mas se despediram na esquina, ela ficou dando banda. Eu, de olho.

Meia hora depois, ela apanhou outro cara, entrou no cinema, foi para o mesmo lugar. Cadeira cativa. Mas o sujeito me viu, parou. Ela disse: "Vem benzinho, não faz mal, ninguém liga". O tipo se foi, ela começou a gritar comigo. Que eu estava empatando, ela podia pedir indenização, eu prejudicava o livre exercício da profissão. Pode, puta de cinema com um palavreado desses, jurídico? Como sei que parece jurídico? Sou oficial de justiça, vivo entregando intimações e convivendo com advogados. O bom do meu trabalho é olhar a cara das pessoas que recebem intimações. Ninguém, em toda a minha vida, recebeu intimação tranqüilamente. Jamais. As pessoas são todas culpadas. Os rostos mudam, se apavoram, ninguém sabe o que fazer. Gosto de ver o pânico que posso provocar. Bem, isto quando a gente encontra o intimado. O que temos de inventar para chegar a eles não está escrito. Daí a minha paciência em ficar diante do cinema, me esconder por trás dos casais sem que me vejam, em poder gozar sossegado as trepações que acontecem. Estou vendo a cara de vocês duvidando que isso possa acontecer nos cinemas. É que nunca freqüentaram o centro. Quem não pode pagar hotel ou motel, vai foder onde? O único perigo são os lanterninhas, ameaçando chamar a polícia, às vezes. Chamam nada. Jogada deles. Mas quem foi pego de pau na mão pode fazer o quê? Enfiar no próprio rabo? Escorrega uma notinha para o lanterninha que se vai.

Pois não é que outro dia um cara me percebeu e pediu que ficasse ao lado dele, porque gostava mais assim? Recusei. Quanta perversão no mundo. Um tipo que gosta de ser olhado. Se alguém me olha, não consigo nada. Também, sou normal, tem isso. Adoro amor no escurinho e talvez por isso prefira os cinemas. Fica aquela penumbra, o filme cheio de mulheres peladas, peitos por todo lado, bundas e coxas, e os homens rolando por cima. E na platéia, na frente da gente, de verdade, os casais se enfiando, se bolinando, gemendo, respirando fundo. Por isto gosto desse filme aqui. Ajuda muito, fico com um puta tesão só de pensar, quase gozo, nem precisava olhar os casais. Basta me lembrar do filme, daquele rabo enorme que enche a tela, mexendo com a gente, mexendo, mexe, benzinho, mexe bem gostoso. E sentir o gozo vindo, vindo, agora, chegou, bom, bom, rabão enrabado. Puta merda, descobri outra coisa, muito da gostosa, e sem gastar. Atrás da árvore, na rua iluminada, com medo da polícia ou de alguém te bater, jogar coisa na cabeça, é do cacete, a gente goza que nem louco.

Anúncios eróticos

Se comprar a revista em que a Gretchen saiu, não posso comprar a outra que tem mais páginas de anúncios. A menos que o dono do bar me dê fiado no almoço, o que não garanto, na última quinzena fiquei devendo três comerciais por mais de uma semana. Merda, também ninguém está dando gorjetas, você faz a entrega, o cara agradece, fica te olhando. Tem uns que batem porta a cara. Pensando que sou qualquer um, um merduncho. Não sou. Mesmo que não tivesse estudo, essa gente não tem o direito de tratar mal a ninguém. Bem, coisa que penso, gostaria que fosse assim. Não é. Também, adianta sair dizendo que sou formado, tenho diploma, passei quatro anos na faculdade? Todo mundo faz faculdade hoje em dia. Tem uma escola em cada esquina, diploma vende-se em banca. Foram-se os tempos do anel no dedo e diploma na moldura, dando respeitabilidade. Estudei oito semestres, tive uma linda formatura, os discursos foram ótimos, os paraninfos de beca desejaram boa sorte a nós que nos iniciávamos na aventura da vida. E eu, futuro brilhante homem de letras, arranjei emprego numa editora. No arquivo. Para recortar notícias e colar num papel, enfiando numa pasta e guardando na prateleira.

Precisei me formar para isso? Gastar tanto dinheiro? Ao menos, tive vantagem, peguei o costume de ler jornal, aprendi a descobrir notícias e informações em cantinhos escondidos. Assim, achei o primeiro anúncio, num jornal do bairro. Me chamou a atenção, apesar de escrito ambiguamente. Li e reli, até chegar à certeza de que havia um casal querendo se encontrar com outro casal, "avançadinho". Quando li a palavra "avançadinho", fiquei excitado. Queria responder ao anúncio e me lembrei de que sou sozinho, não tenho mulher. E se enganasse o casal? Transasse a negociação e chegasse dizendo que minha mulher tinha ficado doente? Daria certo? Acho que não. Quem publica anúncio assim tem experiência, está preparado para todos os golpes. Me ocorreu também "alugar" uma puta. Escolher na rua uma de cara melhorzinha, combinar um preço e me apresentar. Mas várias putas com quem falei não toparam, disseram que não faziam surubas. Quem eu pensava que elas eram? Não pensava nada, imaginava que se estão no ramo todas as variantes que digam respeito ao assunto devem entrar em cogitação. Porém, ao que me parece, existe um código de ética. Cheguei à conclusão de que essas putas são moralistas, e isto me grilou, fiquei pirado. Nessa operação eu estava disposto a empregar parte da indenização que recebi quando deixei a tal editora. Uma mixaria, mas queria que os poucos anos de trabalho, resumidos naquele dinheirinho, se transformassem numa compensação, prazer e alegria. Não deu.

Passei a procurar e verifiquei que, conforme o tempo passava, os anúncios aumentavam. Fiquei admirado, alguma coisa deve estar acontecendo no mundo, porque antes tais coisas eram secretas, os jornais e revistas nem publicavam peito de mulher. De repente, há peitos, coxas e pernas abertas mostrando os pêlos e os montinhos que eles escondiam. Algumas revistas mostram tudo e foi assim que tive, pela primeira vez, uma visão total, deslumbrante, do que as mulheres estavam escondendo, guardando. Cada tesourinho. Gosto mais daquelas que fingem esconder, levantam um pouco a perna, ficam de lado. Mulher oferecida me enche o saco, nada como um charme ou certa dificuldade. Dá a sensação que estamos conquistando.

Converso com elas, ao folhear a revista, procuro ser gentil, quero convencê-las de que não estou apenas a fim de comer, e não estou mesmo. Tem dia que tudo que peço é a companhia, sorriso, um olhar gentil, carinho. Principalmente quando ando mais do que devo. Às vezes as entregas são no mesmo bairro, uma perto da outra, nem dá para tomar condução. Um prédio a uma quadra do outro, adianta subir e descer do ônibus, gastar 20 cruzeiros quatro, cinco vezes? Economizo o ônibus e compro uma revista. Fico exausto, mas vale a pena. Cada dois, três dias de economias fornecem revistas novas, gosto de variar. Não me casei nem vou me casar, quero ter muitas mulheres na vida, isso de ficar com uma só o tempo inteiro, pensaram? Quem agüenta? Ninguém mais, por isso tantos casamentos têm sido desmanchados. Não, não sou eu quem penso isso, não. Um amigo meu que me pagou um chope, outro dia, ficou na mesa do bar explicando a situação. Que nem me interessa, a única que me obceca, me deixa vidrado, são os anúncios.

Leio dezenas por dia, mal vejo a hora de voltar para casa, apanhar a revista, aproveitar o quarto antes que meus dois companheiros cheguem. Me deito e escolho. Sou indeciso, leio todos, primeiro. Antes de me decidir por três ou quatro, que recorto e colo numa folha de papel sulfite, arquivando, para me lembrar. E para de vez em quando recorrer a eles.

Jovem loira, 24 anos, superexperiente em tudo, totalmente liberada. Escrever para Caixa Postal 3456.

Escrevo, escrevo já, sua gostosa. O que você gosta de transar? Na bundinha? Vire que eu vou enterrar um puta de pau, maior que o de um cavalo. Não é o que você gosta, superexperiente? Ou quer que foda o teu ouvido? Sou tarado por orelhas, aquelas dobrinhas me lembram os lábios da xoxota. Responda com urgência. Mando fotos de minha genitália.

Rapaz branco, apelidado branquelo, gostaria de me corresponder com nisseis, escreva para Caixa Postal 6543.

Branquelão, pega no meu, vou te deixar vermelho, quero pôr no teu cu, seu viado, o que está pensando? Gosta de japonesinha, é? Por quê? Japonesinha tem atravessado? O teu pau também é atravessado?

(Gostei desta. Pau atravessado. Como seria um pau atravessado? Tenho cada idéia. Nada como esses anúncios para ajudar a gente a raciocinar.)

Tenho 21 anos, sou bonita e sexy, quero trocar experiências com senhores maduros, casados. Escreva para CP 4563.

Casados. Viada de uma figa! Sexy. Venha trocar experiências comigo, nem ouse pensar nas coisas que sei fazer. Conheço doze mil posições e posso dar nove trepadas sem tirar de dentro. Gozando em todas. Todas. Na minha classe eu era chamado jumentinho, comi até a professora de geografia. Coisa mais gostosa' do mundo comer uma professora de geografia, passar as mãos nas montanhas dela.

(Claro que conheço doze mil posições. Uma só, repetida doze mil vezes. Pensando bem, tenho senso de humor, essa de falar de montanhas e professora de geografia foi de lascar.)

Casal jovem, 28/22 anos, procura moças ou rapazes bissexuais para curtir em uma experiência de fim de semana. Escreva para CP 5634.

Oba, justamente este fim de semana estou sem o que fazer. Vamos transar numa boa. Trepo a tua mulher, essa loirinha de pêlos loiros. Primeira vez que vejo pêlos loiros. Posso chupar a xoxota dela? Cor-de-rosinha. Você aproveite e vá chupando o meu pau, seu bissexual. Cheirinho bom tem sua mulher. Olha como eu chupo sua mulher, está vendo? Preste atenção para aprender, veja como só toco com a língua, de leve, no grelo dela e as pernas tremem toda. Estou me molhando na tua boca, não gosto de gozar na boca de homem, sai, sai, vou enfiar na tua mulher. Você é doente, cara!

Jovem loiro, olhos verdes, gay, procura rapazes entendidos, desinibidos, bem dotados. Escreva para CP 3645.

Um loiro? Bem, vamos lá. Deixe-me ver o seu pau. Sempre tive vontade de ver o pau de um gay. E ele sobe? Não acredito. Olha só o tamanho que está ficando! Deus do céu, que bonito é. Mais bonito do que o de muito macho. Vira, vira logo, quero comer essa bundinha e pegar um pouco no seu pau. Posso? Não vá pensar que eu sou bicha também. Não sou. É só curiosidade. Não vai contar para ninguém? Estou só brincando. Durinho, gostoso de pegar. Eu não vou te dar. Nunca. Na minha bunda não entra nada, o que está pensando? Fica quieto aí. Não, não fica, mexe e remexe, mexe gostoso, entrou tudo, entrou fácil, como você é largo, filho-de-uma-puta, tenho o pau pequeno? Merda! Pequeno, nada. Meu pau é tamanho social, e além disso o tamanho não interessa. O que importa é o jeito, e sei fazer muito bem, nunca mulher reclamou. Pequeno? Te dou uma porrada sem tamanho.

Moreno claro, 34 anos, casado, 1,70, bem-dotado...

Não, por hoje chega de bem-dotados. Quero saber de mulher. Estou me sentindo um touro, disposto a dar vinte trepadas. Por que será que nunca me satisfaço? Podia me apresentar num show. Como aquele cara da anedota, o que dava cem fodas e foi se exibir no Maracanã.

(Deixe-me olhar a Gretchen, um pouco. É a melhor mulher que o Brasil já teve. Uma noite, estava assistindo à televisão, duas da manhã. Ela tinha ido cantar num programa de entrevistas. E dançava. Vestia malha justa, negra e o tecido entrava pelos contornos do corpo. Como era de madrugada, acho que podia, o censor dormia e a câmera focalizava tudo. Podia ver, ela estava quase nua, nua. Fiquei alucinado. No dia seguinte, comprei um disco, passei a assistir Chacrinha e Silvio Santos, minhas únicas diversões, na esperança de que ela aparecesse. Aparecia, me deixava babando, eu me molhava todo. É uma coisa perfeita, redonda, lisa, parece gordinha, não é, não tem um pingo de celulite. Olhe só a revista, os pés, adoro tornozelo grosso. Ela tem um jeito delicado, ela se entrega, gosta de se mostrar, é uma coisa que a gente percebe, está feliz por ser desejada. Estou feliz porque ela é minha, pode ser minha a qualquer momento. Só não prego este pôster ao lado do beliche, porque a dona da pensão vai achar ruim, ela é carrancuda, leva todo mundo no cortado, outro dia passou um papel para a gente assinar. Era contra a licenciosidade na televisão. Tive de assinar, senão ela ia querer que eu pagasse o mês atrasado na mesma hora. Podia até me despejar. Gretchen se virou, agora está de costas. O pôster é mesmo incrível, como é que os caras das revistas bolam uma coisa destas? A mulher de frente e costas, que tem gosto para tudo. Os dentes da Gretchen me mordendo devagar, mais forte, arrancando pedaços. Eu daria um pedaço de mim para você, me dou todinho, me dê todinha, me morda, com esse olhinho meio fechado com que você está mordendo o microfone. Assim... um pouco mais... mais... está bom.

Te mando uma carta. Moreno claro. Formado. Dotado. Sem preconceitos. Sou liberado.

Mais... ai, que bom... topo qualquer experiência... me escreva, Gretchen.

Casal jovem, bissexual, que bom, que bom, bom, bom... aii.)

Guardo as revistas no colchão. Aqui tem mais revista que dinheiro em colchão de mineiro. Se um dia o meu companheiro de quarto pegar o colchão e levar ao banco, vai ser um vexame. Na hora que disserem "pode abrir", vai voar mulher pelada por todo canto. As revistas não me importo. Mas as minhas pastas de anúncios, essas não! Por hoje estou satisfeito, amanhã escreverei mais cartas. Só escrever, vê lá se vou gastar selos. Vinte selos valem uma revista nova.

O GRUPO apresenta

VERA FISCHER

em

**Meu filho Antonio
de minha mulher Marta**
(4 atos e 5 quadros)

Original de MARIO PRATA
Direção de FERNANDO PEIXOTO
Com Etty Fraser, Esther Góes,
Regina Braga, Otávio Augusto,
Roberto Maia e Henrique César.
Participações especiais de
DANIEL MAS e CARLOS EDUARDO NOVAES

De quarta a sábado: às 21 horas.
Domingos: 16 e 21 horas.
Estudante 50 por cento.
PROIBIDO ATÉ 18 ANOS

45 encontros com a estrela Vera Fisher

1

Vera,

Hesitei antes de escrever. Sou assim, indeciso. Imagine que para começar esta carta levei meia hora com um problema. Escrever senhorita Vera? Ou senhora? Devia colocar Ilustríssima? Acabei optando pela intimidade. Afinal era tempo, não? Você me percebeu ali na segunda fila do teatro, não percebeu? Tenho feito de tudo para chamar sua atenção. Me coço, me mexo, me levanto. Outro dia, você olhava demoradamente em minha direção. Pensei que estava me repreendendo, o que me angustiou. Para mim, sempre reservo o pior, foi o que me disse uma antiga namorada. Antiga mesmo, não precisa ficar inquieta. Coisa dos vinte anos. Uma primeira carta como esta necessita de uma apresentação. E de que adianta? Tenho certeza de que você vai jogá-la fora. Acha que é apenas de um fã. Não sou. Não sou, de modo algum.

Eu te amo, Vera. Essa é a diferença.

2

Vera,

Uma pequena comemoração hoje. Vou tomar Sidra em sua homenagem. Claro, eu queria champanhe. Com que dinheiro? É penoso confessar que não tenho dinheiro, vivo do salário, quase mínimo. Isto pode me afastar de você. Mas se afastar é porque está errado o nosso relacionamento. Se é baseado em dinheiro, é errado. Ah, a comemoração? Vou ver a peça pela décima sexta vez em dois meses. Vou ver, só para te ver.

Porque eu te amo, Vera.

3

Nem calcula o suspense em que fico, à espera da cena em que você abre o penhoar e mostra as pernas para o filho do coronel. Vou ficando com a boca seca e completamente surdo. As mãos suam, enquanto você vai acariciando, levando as mãos aos seios. Aí, abre de repente. O próprio filho do coronel leva um susto, cai sentado. Prendo a respiração, fico roxo. Quando você abre as mãos, é como se Moisés estivesse abrindo o mar Vermelho para os judeus atravessarem. Ou seria o mar Morto? Um instante grandioso, histórico. Excitante, puxa. Como penso nisso quando me deito e olho minhas mãos finas.

Mãos que te amam, Vera.

4

Você é meu sonho. Quero poder te escrever sempre. Vou ver a peça quantas vezes conseguir. Vou te escrever muito! Se isso não te incomodar. Sabe o que você pode fazer? Eu ia combinar um sinal só nosso. Você me faria esse sinal durante a peça, na representação de domingo. No entanto, acho que a peça não pode ser descontrolada, não é? Tem tudo ensaiado, acertado, regulado. Me mande uma mensagem através do jornal. Vocês de teatro estão ligados aos jornalistas. Nada que te comprometa. Apenas diga que não está irritada. Se quiser dizer alguma coisa mais, diga.

Eu te amo.

5

Pagava cheques, olhava aquele dinheiro e imaginava: vou tirar um pouco. Qual é o mal? Tem demais, dá para todo mundo. Ando num déficit desgraçado. Teatro é caro. Mais as revistas. Você sai muito em revistas, assim não dá, vou à falência. Ao menos, posso dizer: Vera Fischer me levou à falência. Bancarrota total por causa dessa mulher. Lembra do "O Anjo Azul"? O que você tem com isso? Preciso pensar em nosso futuro. Não sei em quanto tempo atingirei a gerência. Tem muito trambique em banco. Qualquer dia destes desvio uma OP, estou feito. Tudo porque te amo, Vera.

6

Passei metade da noite na janela, cantando: "Um pequenino grão de areia, que era um pobre sonhador, olhando o céu viu uma estrela, imaginou coisas de amor". Só sei esse verso e fui repetindo, repetindo. Não, não me jogaram coisas nem me mandaram calar a boca. Moro num pequeno prédio, três andares no Bela Vista. Do lado tem uma pensão, do outro lado um HO. Veja só quantas pistas pra você me descobrir. Porque tão cedo não me apresento. Pensou se o meu nome é falso?

7

Não, não é falso. É esse mesmo o meu nome. Relendo as cartas (guardo cópias de todas, sou organizado, vai ver é o condicionamento do Banco), vi que coloquei numa delas um OP. Linguagem nossa, quer dizer Ordem de Pagamento. Na outra, pus HO. Esta você sabe, não? É Hotel. Principalmente hotel de curta permanência. Como eu gostaria de curtapermanecer com você.

8

Três meses hoje que nos conhecemos. Ontem não deu para atender o teu telefonema. Você ficou chateada, mas como eu podia sair do caixa, numa hora daquelas? Bem que o meu colega gritou várias vezes: "É a Vera, vê se não faz a moça esperar". Foi legal você me chamar. Assim eles acreditam em nosso namoro. Sempre querem saber coisas. Se você me deixa pegar na tua mão, ou as nossas intimidades. Começo a detestar esta gente.

Nunca perguntei a nenhum deles o que fazem em casa com as próprias mulheres. Têm que me respeitar, pombas! Pombas, olha aí, eu falando como a Sônia Braga na sua novela. Cada noite, agora, você está mais perto de mim.

9

Senti uma pequena pontada no peito. Deve ser angústia. Olho o meu quarto. Coisa de solteiro. Cama mal arrumada, lençóis feios, armário cheio de coisas pregadas, mesa em bagunça, a vitrola não funciona (também não compro mais discos; um disco custa tanto quanto uma entrada de teatro), os vidros da janela estão empoeirados. Jamais poderia trazer você até meu apartamento. Por isso, quando a gente passeia e você insiste em conhecer minha casa, recuso. Mas por carta posso dizer. Com você, sou pura sinceridade. E a angústia vem disso: como ter uma casa onde você entrasse e se orgulhasse dela, de mim? Pensei outra vez no roubo. Não posso.

10

Quase não deu para escrever. Hora extra para todo mundo, a máquina ficou ocupada. Se desse jeito de roubar uma máquina por aqui, levava para casa, escrevia quantas cartas quisesse. Tem horas que penso: é bobagem o que estou fazendo, perder tempo em cartas, fazê-la perder tempo. Claro que sei que você não joga fora. Ninguém jogaria, assim, sem ler. Sem a curiosidade de ver o que um desconhecido vai dizer cada dia. É este jogo que me excita. Provocar. Se as pessoas provocassem mais, obrigando os outros a responder, reagir, quem sabe não haveria mudanças? Em torno de mim está tudo parado. Não sei mudar, não consigo. Ao menos, não sozinho. Não se pode fazer as coisas sozinho. Um só não funciona. É o trabalho inútil e eremita contemplativo. Escrevi um rascunho desta carta, à mão, agora datilografo, o banco silenciou. Meu professor de português no cursinho dizia que eu tinha boa redação. Só que eu não passei no vestibular. Quatro vezes e não passei. Tenho que me conformar com o banco. *Ter de*. Ter de passar no vestibular, por exemplo. Sei escrever, mas tudo o que eu *tinha de* fazer era uma cruzinha dentro de um quadrinho. Na última vez, simplesmente, enchi todos os quadrinhos com cruzes. Não deixei um só vazio. Parecia um cemitério. Campas e cruzes. O cemitério do ensino. Olha aí, não é engraçado? Seria mais engraçado se eu tivesse passado, entrado, terminado alguma coisa para poder deixar este banco, arranjar uma profissão e um salário legal para sustentar você. Não acha?

11

Não quero te chatear com problemas. Mas um casal como nós deve compartilhar tudo. Problemas de dinheiro. Sabe que amor sem dinheiro acaba no brejo? Tenho feito força para manter esse nível de vida que levamos. Sair do teatro, jantar todas as noites. Aqueles uísques no Hipopotamos custaram todo o meu décimo terceiro. Meu chefe perguntou hoje no que estou me metendo. Um colega, boçalão, disse: é, em quem você está metendo? Me perdoe, mas um casal pode dizer essas coisas vez ou oltra. Uma amiga, recepcionista, veio me avisar: essa moça de teatro vai acabar te perdendo de uma vez. Ela viu que estou apaixonado demais, só falo em você. Gente de teatro não presta, afirmou. Como pode dizer isso? Ela nunca foi a um teatro, ela mesma disse. Não foi e não vai. É assim que meus companheiros pensam. Eu não. Por causa disso, te amo, te amo. Estou de joelhos fazendo promessas.

12

Mortificado. Que coisa horrível. Veja a carta número onze. Você ainda tem. Escrevi "oltra", em lugar de "outra". O que você pensou de mim? O que essa turma da peça pensou? Riram do meu português. O problema é a pressa nesta máquina. Outra errata. Pensei em parar de escrever. Senão você acaba achando que sou um ignorante. Posso ser tudo, menos isso. Tenho minha cultura. Eu só queria que você não risse de minhas cartas. Um amor pode ser ignorado, desprezado, mas não ridicularizado, espezinhado. Não leia também nas mesas de restaurante. E diga para essa moça que trabalha com você, essa da televisão, que ela também é bonitinha, mas não deve ficar com ciúmes se me apaixonei só por você.

13

Foi uma alegria muito grande, por causa do beijo que você me deu ontem à noite. Só roçou meu rosto. Esses lábios roçaram pelo meu rosto, suavemente, ternamente. Em casa, olhei no espelho, tinha ficado uma leve marca de batom. Muito leve. Não lavei o rosto. Deitei-me do outro lado, acordei com dor nas costas, só para que sua marca ficasse. Me gozaram no banco, quase briguei. O gerente me chamou, perguntou por que não tiro férias, ando nervoso, preciso me cuidar, minhas roupas andam maltratadas. Disse que um dia cheguei de colarinho sujo. Tudo, menos isso. À noite, lavo minhas camisas e cuecas. Não posso pagar lavanderia. As entradas estão custando caro. Prefiro lavar minha roupa a deixar de te ver, ao menos uma vez por semana. Eu te amo.

14

Fui a uma festa. Aniversário do chefe de pessoal. Você não teria suportado as conversas. Sobre depósitos, aplicação no 157, recordes de agências. Os inspetores estimulam as competições. Um deles disse que a maior alegria é ver o pessoal se comer para conseguir novos clientes e negócios. Comentei: pois a minha alegria é ver as agências assaltadas, limpas, os cofres a zero. Disse com cara gozadora, mas o meu gerente me chamou de lado:

– Não deve falar isso. Nem de brincadeira. Alguém pode contar ao lá de cima.

– Lá de cima da onde? Da prateleira?

– Tem gente sempre escutando o que os funcionários dizem, observando os comportamentos. Cuidado, não me repita isso, não!

Lá pelas duas horas, alguém gritou:

– Vamos esticar nos inferninhos.

Todo mundo aderiu, menos eu. Iam ver *stripteases*. Não sou contra mulher pelada, mas um bando de bancários soltos na noite é pior do que um bando de cabras num jardim, cagam em tudo. Além disso, sou fiel. Mulher para mim só você. Resolvi passar em frente ao teatro, ver se você estava atrasada, tinha ficado lá por qualquer motivo. Nada. O teatro fechado. Tinha bebido tanto que me sentei na porta e dormi ali mesmo. Acordei de manhã, com um cara me cutucando, me mandei. Oh, te amo.

15

Cada vez que você abre a camisola naquele quadro e o homem cai de joelhos dizendo puta merda, fico gelado. Perco a respiração. Já vi a peça cinco vezes na primeira fila. A minha boca seca. Fico afobado. Esse teu corpo. Que coisa mais incrível. Vou te contar, um casal precisa se contar tudo. Nessa hora, penso tudo. Tudo mesmo o que poderíamos fazer os dois juntos. Dos pés à cabeça. Saio do teatro, a cabeça fervendo, mergulho nessas ruas escuras e sem graça do Bela Vista. Subo ao meu quarto, como um pão, tomo água com açúcar, apanho velhas revistas *Amiga*, todas que têm suas fotos. O que é verdadeiro? Eu, meu quarto, a minha fome, o meu desejo por você, ou o teatro, a peça, as luzes do palco? Minha confusão aumenta. Ontem, me ameaçaram tirar do caixa. Fiz um erro de quase cinco mil cruzeiros. Erro nas contas. O dinheiro estava lá. Custou para acertar, precisei de ajuda. O gerente chegou a querer sentir meu bafo para ver se eu estava bebendo. Sabe o que falei: nem bebendo nem comendo. Amando. Ele riu. Os gerentes são boçalões.

16

Aquele vazio, ausência de músculos, de ossos, me toma cada vez mais. A noite passada pensei em você. Durante quarenta minutos nos amamos. Interminavelmente. Acordei, procurei Nescafé, estava velho, endurecido no fundo da lata. O corpo vazio, a cabeça vazia, zonzeira, tonturas. Não fui ao banco. À merda o banco. Olhava você na cama, estendida, coberta com aquela camisola branca que usa na peça inteira, as coxas entreabertas. Nossa primeira noite. Você chegou, nem reparou no apartamento. Também tinha feito uma faxina daquelas. Dois dias lavando vidros, parede, arrumando armários, limpando pó. Mandei lavar meus dois ternos. Tirei dois mil cruzeiros do caixa, comprei sabão, sabonete, pasta de dente, escovas de dente (para quando você acordasse), um perfume e aerossol para o ar. Gostei de você quando entrou, não disse nada, só me olhou com esses olhos verdes, tranqüilos. Eu te amei mais por isso.

17

O cubículo em que trabalho no banco é estreito. Para o público, uma parede de vidro. Para os lados, madeira, de modo que não posso me comunicar com meus colegas. Existe entre cada caixa um buraquinho. Por este buraco entram contas, recibos, duplicatas, cheques etc. Hoje fiquei de saco cheio. Às duas da tarde, abaixei as calças e fiquei ali com a bunda de fora. De modo que quem estava de fora não podia ver o caixa bunda branca (se eu fosse índio americano era o meu nome). Imaginou? Gentis senhoras e Senhrotas (olha só como escrevi senhoritas), circunspectos financistas recebendo dinheiro de um caixa com a bunda e o pinto de fora. Me deu uma sensação gostosa de liberdade, de desmantelamento da seriedade bancária, de esculhambação. Para alguns, com cara mais chata, eu apanhava discretamente uma nota de 500 e passava pela bunda. Limpava o rabo com elas e entregava. Às vezes, meu amor, é engraçado trabalhar em banco.

18

Domingo de manhã compro a *Folha de S.Paulo* e o *Estadão*. Todos os domingos. Que fazer? Estava com catorze cruzeiros no bolso e precisava passar o dia. Fiquei lendo o jornal, de cabo a rabo, palavra a palavra. Precisa mais de um fodido domingo para ler. Chego na parte do teatro, lá está seu nome fogoso, coxuda deliciosa. Seu nome é torneado como você, esverdeado como teu olhar, reticente como tua pele. Ali no jornal, chapado, ele se destaca, sobe, excita, transforma, reforma, rebela, bela, mala, refulgente na tela, estrela, dourada como pó. O mundo é uma coxa só, sua, tua, nossa, grossa! Meu deus! Cada domingo gozo com você, paixão, caixão, enterro de minha realidade, sonho, emissão. A imensa solidão deste dia se arrasta vagarosa, pacífica, pa, pá, enterra meu sonho vago, distante, neurótico, paranóico, inconcebível, inatingível como aquele teu fantástico triângulo de amor, livre, mas vedado, disponível, intransponível, ali, no alto das coxas, separado por um abismo, cataclismo, batismo. Supremo mistério: a quem você pertence? A mim certamente no escoar deste domingo solitário, infinito, neste quarto transformado em seu rosto, as janelas, teus olhos verdes. Imagem chavão como este domingo é chavão repetitivo, cansativo, estereótipo – acabei de ler esta palavra no suplemento cultural do *Estadão*. Penso em imagens assim: Vera para mim é tão inatingível como a compreensão deste suplemento cultural. Será que sou burro? Estou mergulhado em você, um surfista engolido no túnel do seu corpo (ali atrás leia envolvido), veloz na prancha, querendo que a praia nunca chegue, porque ela é o finito.

19

Fiquei dois dias sem voltar para casa. Hoje voltei. Teria de regressar um dia. Você nem imagina o estado em que deixamos tudo aquilo. Não tem coisa inteira. Pedra sobre pedra. A cama sem pernas, os armários sem vidros, a roupa rasgada, os pratos estilhaçados, copos e jarras (inclusive uma que minha mãe me deu quando saí de casa, na qual eu fazia suco de laranja para nós, todas as manhãs, lembra-se?). No banheiro, calamidade, vidros estraçalhados, o bidê arrancado, o vaso quebrado. Inundação. Foram os vizinhos que reclamaram. Não agüentaram a nossa briga. Por causa da briga te escrevi aquela carta rancorosa ontem. Já recebeu? Não vale mais. Repensei tudo. Prefiro te suportar com esse gênio a te perder. Olho as minhas mãos feridas, o braço rasgado (levei doze pontos, com aquela jarrada que você me deu), a cabeça raspada. Meu sangue por você. Já te disse isso? Não? Digo agora. Disse? Então, repeti. Não sei o que fazer. Não me lembro do que aconteceu depois que você saiu. Acordei no pronto-socorro, todo enfaixado, fugi de lá, tenho que trabalhar. O pessoal do banco me olha estranho. Disse que fui ao jogo do Corinthians e que a torcida do Palmeiras me bateu. Jamais diria uma palavra contra você, adorada minha, coxas divinas, olhos celestiais. Nunca, jamais, em tempo algum. Adoro você. Volta, mesmo que seja para um novo entrevero como o de domingo. Vou comprar tudo de novo, copos, pratos, xícaras. Mas por causa disso ficarei quatro ou cinco meses sem ir ao teatro. O que vale mais: copos e xícaras ou você? Ora, os copos que vão à puta que te pariu. Vou é ver a peça e te homenagear. Amo-te, coxuda de deus, tornozelos de Nossa Senhora, nádegas de santa Helena. Tuas pernas santificadas merecem o altar que erigi em meu quarto, diante do qual acendo mil velas votivas todas as noites. Você me ilumina, adorada de santa Lúcia, protetora da visão.

20

Hoje de manhã, encontrei um bilhete debaixo de minha porta. Um papel dobrado, sem envelope. Dizia: "Ajude-me, estou no limite". Foi você quem me mandou?

21

Experimentou ficar olhando para uma lâmpada acesa, durante horas, até perder totalmente a visão, sofrer tonturas e enjôo de estômago, tudo se tornar uma bola vermelha, sangrenta? Fiz isso ontem. É o mesmo que olhar para você no palco, uma hora e cinqüenta. Você o tempo todo sem sair dali.

22

Devo deixar bigode? Você gosta de homem com bigode?

23

Conto para você. Ninguém no banco sabe. Quando tinha vinte e dois anos, me casei. Seis meses depois, ao voltar à noite para casa, entrei no banheiro e vi minha mulher morta, debaixo do chuveiro. A água estava aberta. Muito quente, e ela estendida no chão, morta. Não foi coração. Ninguém soube dizer o que foi. Nem médico nem autópsia. Às vezes, não acredito que ela morreu, quanto mais que me casei.

24

O vento batia em teus cabelos enquanto atravessávamos a praça e os fios dourados se espalhavam como paina ao vento. Paina dá um travesseiro macio.

25

Você pássaro livre, madrugador, que ilumina o sonho de quantos vejam essa peça, nem pode imaginar o que seja uma cela solitária. Toda prisão tem uma. A nossa, este banco, tem quatro. Solitárias de vidro, onde ficamos incubados o dia todo, recebendo faces anônimas, gente que não nos ama nem nos quer. Gente que pensa apenas em dinheiro, depositar, retirar, pagar, receber. Sabe o que é olhar a pessoa e saber que ela não está te vendo através do vidro do caixa? Não, não sabe. Não entrou nesse círculo do desespero sem fim. Sabe o que é tentar se comunicar e não ter o que dizer a elas? Apenas poder perguntar, às vezes, para que ela te dirija uma palavra?

– Está certo o troco?

– O senhor quer mais trocado?

– Em notas de quê?

Erro propositadamente no dinheiro dos cheques, para que as pessoas falem comigo. Reclamação, sei, mas é alguma coisa. É uma reação daquela massa cinza que passa, minuto a minuto. Sem rosto, sem coração, sem sentimento, muda, diante de mim. E quando o dia termina, ter de voltar ao meu quarto, esfomeado, sem dinheiro, lendo a revista roubada do gerente, pensando que *o mundo não é isso*, mas que é *o meu* mundo. Manietado, observando. Fazer o quê? Compreender que é necessário romper e que para romper é preciso força. E essa força me falta; ou me falta orientação para quebrar a mim mesmo, o que sou, o mundo ao meu redor. Este mundo que não aceito e sou obrigado a aceitar. Viver a vida inteira assim? Dia a dia, hora a hora, instante a instante, dilacerado de dor e impotência. Esmagado, e resistindo ao esmagamento. De que vale resistir? Me diga uma só palavra. Você, os seus amigos, o escritor dessa peça aí. Diga.

26

E você não está aqui. Não vem. Não vem nunca. Estou sozinho, sempre sozinho. Não tenho com quem falar, com quem andar, passear, brigar, dormir.

Sozinho. Aqui, no banco. Não falam mais comigo. Sabe o que foi a última coisa que aquela moça de quem já te falei me disse? Sabe? Qualquer dia te conto. Vou roubar mil cruzeiros. Se der jeito.

Amor, guarda bem este amor, amor, amo, am, a, a, a.

27

A letra, naquele bilhete que encontrei sob a porta, era minha. Como pode ser?

28

Me tiraram do caixa, me passaram para a compensação. Não sei se é promoção ou castigo, ou o que quer que seja. Desconfio que me querem fora da agência.

29

Na minha euforia ontem, mandei tudo em minúsculas e ontem você não merecia. Portanto, reconsidere a carta, passando para maiúsculas tudo, tudo.

Curiosa de saber o que fiz ontem? Quero dizer, quatro dias atrás?

Saí do teatro, quer dizer, acabei de ver a peça, não suportei a tensão, corri ao banheiro do teatro mesmo e prestei minha homenagem. Espero que você goste de saber disto. Que penso sempre em você e que o sexo faz parte de nosso amor. No bar em frente, tomei uma média, disfarcei, saí correndo. Não tinha com que pagar. Não conseguia andar de fraqueza. Seria fome? Estou assim, sem vontade, sem nada. A coisa que fiz foi engraçada. Você vai ver. Preciso falar muito. Para compensar o longo silêncio, os dias em que não nos vimos. Ontem fiquei bem impressionado. Um caixa do banco se matou. Tinha vinte e oito anos e morava sozinho. Ninguém conhece nenhum parente dele. Era um cara tranqüilo, normal. Vagamente afetado. Conhecido pela pontualidade. Chegava na hora, saía na hora. Não dava um minuto a mais para o banco. Eficiente. Enforcou-se na janela do banheiro, com uma corda nova. Então, foi premeditado, estudado. Como pode alguém encarar a própria morte desta forma? Lucidamente, sem pavor ou terror. Penso sempre que estou morto. Que apenas sobrevivo, sem emoções, sobressaltos ou sustos. Outro dia, enfiaram um envelope debaixo de minha porta e corri ansioso. Era uma carta anunciando um liquidificador. O incrível, no entanto, é que meu nome estava no envelope. Gritantemente ali. Quer dizer: alguém sabe meu nome, em alguma parte. Não basta isso para dar à gente contentamento, segurança e motivo para viver? Muitas e muitas vezes, apanho envelopes, contas de luz, gás, a notificação do imposto de renda e contemplo o meu nome. Sabe por quê? São a certeza de que existo.

30

Alguns dias tranqüilos. Me deram soro. O caninho vinha do tubo e enchia meu corpo com aquele líquido branco, revigorante. Estou animado, contente. Pensei até: o meu soro é a Vera

Fischer. A Vera que me penetra por todos os meus vazios. Vera que me penetra, eu que não penetro Vera. Pensei. Não pensei, tive vontade de te escrever uma carta erótica. Ficaria grosseiro, vulgar. Mas por que temos medo do vulgar? A gente é vulgar, banal. Por que não assumir. Uma carta que beirasse entre o erótico e o pornográfico. Assim eu me descarrego desta tensão. Será que a base de tudo isso é sexo? Vamos combinar uma coisa. Vamos? Na sexta-feira, à meia-noite em ponto, comece a pensar em mim. Firmemente. Estarei pensando em você. Pense em mim sexualmente. Estarei pensando em você. O que pode dar?

31

Meio a custo, cheguei à compensação ontem à noite. Os cheques vinham e vinham. Eu estava tonto. Zonzo, as mãos tremiam. Só pensava em você e aí me fortalecia um pouco. Fui duas vezes ao banheiro, pensando nas coxas. Coxas brancas que voavam como asas sobre minha cabeça. Voltava. De repente, que mundo bobo me pareceu aquele de papeizinhos com quantias escritas. Milhares de papeizinhos correndo de mão em mão. Assinados. O movimento financeiro desta cidade. Então, recusei um cheque que tinha saldo. Me deu uma puta alegria. O cara tinha saldo e recusei um cheque de trinta mil cruzeiros. De uma firma. Que bolo. Resolvi recusar mais. Fazia assim. Aprovava vinte e recusava dois. Pequenos e grandes. Fodendo todo mundo que usa cheque. Fodendo o sistema econômico. Tive vontade de fazer um pequeno comício. Dizer aos outros: vamos recusar hoje todos os cheques. Amanhã te conto o resto. Eu te amo demais, mais, mais.

32

Não me envergonho de dizer. Bati numa porta e pedi um prato de comida. Acredita que me deram? Deram. Nesta puta de uma cidade fechada, me deram um prato de comida caseira. Bom arroz, feijão, alface, um bife, tomate e um copo de água. Ofereceram café. Café? Quase pedi: não tem sobremesa? Faço questão de dar o endereço desta família nobre, altruísta, certamente não paulista. Não, que ela permaneça simples e humilde. Bobagens. Minha cabeça roda, gira, não devia ter comido tanto. Me lembrei de um livro, *Fome*, do Knut Hamsun. Puta livro. Na época, não acreditei. Agora, ando por São Paulo, igual ao cara. Só que o cara não amava tão desesperadamente como eu. O amor não destrói, constrói. O gerente me chamou. Você vai acabar demitido. Por justa causa. Se emende. Era um bom funcionário. Continue sendo. Se a gente não se comportar a vida toda como eles querem, o que acontece? É demitido. Demitido do emprego, demitido da vida, demitido da liberdade. Um amor como o teu me faz permanecer de pé.

33

Na minha tonteira, vergonha, agora o estômago ronca. Nos lugares mais inesperados. Durante a peça, por exemplo. Quase morri de vergonha. Os meus olhos pregados nas tuas coxas brancas e o estômago roncando. E se você ouvisse? Me perdoaria? Jamais. Deitar-se com um sujeito cujo estômago ronca. Olho lá em cima, as frases começam a se atropelar. Ia dizendo que na minha tonteira tenho esquecido de te contar as coisas direito. Pois é. Vamos ver.

EU TE AMO DEMAIS, TE DESEJO, ME RÔO DE VONTADE DE VOCÊ.

Na compensação, pensava em fazer revolução. A gente recusaria os cheques. Todos. Puta zorra no dia seguinte. Os brancos sendo invadidos, tomados, os gerentes alucinados. Corrida, os jornais noticiando. E eu aqui de fora só olhando. O mercado bancário em bancarrota. Os cheques voltando, a confusão, bagunça. Bagunça na minha cabeça. Fiquei frustrado por não promover esta revolução. A gente não pode ficar promovendo grandes revoluções, então devia promover pequenas. Não acha? Amor, amor, amor. Gozo.

34

Nem na compensação. Dou plantão de uma hora cada dia no banco. Querem investigar minha vida. Somos teus amigos, o que está acontecendo? Você tem catorze anos de casa. E se tivesse quinze? Vinte? Tem um tipo legal que agora vai comigo para casa todos os dias. Me compra um sanduíche, um copo de leite. Estou com quatro meses de salário adiantado, o banco vem descontando tudo que pode. Desmaiei. Percebo que escrevo as palavras colando uma na frente. O "a" é de asa. Asa. Asas são duas coxas brancas, esvoaçantes. Elas ficam pelo quarto, a noite toda. Caem em cima de mim, macias, torturantes. Fico alucinado. Sem você, com essas coxas malditas. Não, não sou doentio, é apenas delírio de fome, falta de amor, falta de contato humano. Contato com gente, pele na pele, gente se excitando. Não, você não pode saber, não tem esses problemas. Não, não te odeio por não ter. Odeio a mim mesmo, por ser assim. Estar me entregando gradualmente.

35

Pensei em você. Pensei. Não deu nada. Que besteira a minha. Não quero que você pense que sou lelé. Pense apenas, todos os dias e todas as noites, que alguém que não consegue ter você está fixado em você. Obsessivamente. Mas com bons pensamentos. Ainda que maus propósitos. Maus. Maus para os cretinos do banco. Não quero mais saber deles. Me pagaram o justo. Saí com algum dinheiro. Duzentos mil é alguma coisa. Tenho comido bem, dormido, vou até mudar de casa. Quero comprar um carro. Catorze anos de casa significam:

1 – um carro

2 – algumas roupas

3 – casa nova

4 – uma viagem

catorze anos e nada mais do que isso.

amor, meu. Meu?

36

Um pensamento horrível me ocorreu. Mas conto porque você é legal comigo, jamais me traiu.

Sabe o que pensei? Será que ela aceitaria estes duzentos mil para sair comigo? Uma só vez?

37

Não me queira mal. Não. Peço perdão. Perdão, que palavra mais imbecil. Ontem falei naqueles duzentos mil. Insultei? Ofendi?

É que pensei de outra forma. Aquele dinheiro representa toda minha vida. Ao menos a profissional. E ele é teu. Inteiro. Então, estou te dando como presente um pedaço de minha vida. Em troca. O problema é esse: troca. No banco fiquei moralista, puritano, preconceituoso. Perdi o senso, o julgamento. Não tenho mais o que dizer hoje. Terei amanhã? Se você não estiver brava comigo, sim.

38

Releio cópias de minhas cartas. Não escrevo tão mal. Quem sabe pudesse realmente te conquistar através das cartas? Tem coisas de que não gosto, podia ser melhor. Falta a prática. No banco, sabe o que eu redigia? Nada. Ali só aprendi a fazer tudo certinho. Organizado demais. Por obrigação. Não sair da linha, dos regulamentos, a fim de não perder o emprego. Tem gente que comanda a vida dos outros. Fazer, pensar, agir assim. O incrível é que existem pessoas para obedecer, ficar satisfeitas com isso. E estas que obedecem, a meu ver, são tão culpadas como as que comandam. Os obedientes ajudam, fazem pressão sobre você para que também obedeça, não saia da linha, não questione. Não eram os chefes no banco os piores, e sim os colegas que vigiavam, olhavam, criticamente, cutucavam, silenciavam, reprovavam, censuravam, enfim, construíam ao seu redor um ambiente de mal-estar, em que eu me sentia incomodado. Se não gosta, por que não sai? É a única coisa que conseguem dizer, é o modo de resumir o que pensam. Se você não é como eles, ficam muito assustados, inseguros. E, para resistir, é preciso força. Esta força que preciso de você, amada.

39

Aquela colega do banco veio me visitar. Estou numa pensão ótima. Ela me contou que o sonho da vida dela era fazer teatro. Trabalhar, subir no palco, brilhar. Fazer cinema. Viu que filhada-mãe? Na verdade, ela te invejava. Aí ficamos falando do banco, das pessoas. Um mundo tão diferente o meu, do teu. Nem pode imaginar. Fiquei me sentindo chocho, muito sem objetivo. Vou me meter em alguma coisa ousada. Alguma coisa pra valer. Se você estivesse do meu lado, poderíamos tocar uma vida juntos. Não papai-e-mamãe. Vida mesmo, vivida. Meio Bonny e Clide. Fiquei tarado com aquele filme. O negócio é esse: viver pouco e muito. Somente morrer cedo consagra, define, estabelece o mito. Não gastei ainda um décimo da indenização.

Amo-te muito, demais.

40

Estava chovendo, entrei no cinema, fiquei lendo o jornal na sala de espera. Não é que não goste de entrar no meio do filme, é que eu não tinha nada a fazer, na rua estava úmido e frio, desagradável e ali na sala confortável. Foi nesse jornal que li a notícia das ariranhas agressivas. Um menino, no zoológico, caiu no fosso das ariranhas. Um sargento foi salvá-lo, morreu, atacado a dentadas pelos bichinhos. Li também a história de um homem que matou a mulher e os filhos, e um chofer de táxi que matou um menino de dez anos. Então começou o documentário sobre Elvis Presley, uma excursão que ele fez pelos Estados Unidos. Elvis morto, mas ainda ali, vivo, cantando, dentro do filme, conservado, eternizado.

Não é para deixar a cabeça da gente confusa? Morreu, mas está vivo. Mesmo que estivesse vivo, era desconcertante, desajustante a idéia de que eu, nesta cidade, a milhares de quilômetros dos Estados Unidos, estava a vê-lo cantar no meio de uma tarde chuvosa. O alcance destas coisas fica além da nossa compreensão, dos limites, como dizia o bilhete, estou atingindo o limite, ou já atingiu, quem atingiu, quem mandou o bilhete, ou eu?

41

A história das ariranhas que me chocou saiu nos jornais da semana passada. Lembra-se? Você deve ler jornais. Todos os dias falam de você, dessa novela que me fascina, me obriga a pensar. As ariranhas ficaram na minha cabeça o tempo inteiro. Pensei: será que sou o menino que se equilibra no gradil e cai no fosso? Ou sou quem pula para salvar o menino, é mordido, desiste de lutar, se entrega? É uma coisa que faço sempre, me colocar dentro de uma situação. Porque todas as situações são simbólicas; elas se inter-relacionam, uma tem elementos da outra. Teoria minha. Só posso ficar bolando teorias, deitado no quarto olhando o teto. A minha teoria é que não existem novas situações. O mundo está dividido em compartimentos estanques, centenas. Ou milhares. Em cada instante, vamos flutuando de um compartimento para outro, tocados pela experiência existente dentro dele. Os elementos de um compartimento escapam de um para o outro, há misturas. Você não pode passar do compartimento A para o C, sem ter sentido o B. Quer dizer, há uma ordem. O que pode acontecer é você não estar consciente nos compartimentos B, C, D, E e adquirir a lucidez no F. Fica então faltando o conhecimento e a vivência destas quatro situações. Subitamente, no P, você, ou o seu inconsciente, se lembra de fragmentos do B e então você interliga certas coisas. Entende? É fácil. Nenhum homem tem vivência total de todos os compartimentos, o tempo inteiro. Muitos desses setores estão afundados em sua memória, são desvendados aos poucos, voluntariamente, ou com esforço, ou arrancados de lá por instrumentos físicos ou psíquicos que forçam a mente. Certos compartimentos se comunicam por deficiências físicas. Há um vazamento, um furo, um canal que não devia haver. Então, formam-se em nossa mente imagens sobrepostas, sensações de já ter vivido um instante, quando o instante está por viver. Trata-se apenas de informação que vazou da frente para trás, por canis que não possuem vedação eficiente. Você preenche todos os meus compartimentos, com amor.

42

Notou minha falta? Fui ao interior, dois dias. Fui por ir. No trem pensava naquela viagem que fizemos juntos. O vagão quase vazio, você excitadíssima, vindo para cima de mim, ali no banco mesmo. Uma loucura. Eu sentado, fumando, você colocou a coxa na minha perna. Fiquei daquele jeito, na hora. Sua coxa fenomenal. Você sentiu e me provocou. O conferente de bilhetes estava lá no fundo. Um velho magro. Você me beijou de língua. Eu com medo. Um bancário é uma merda, fica condicionado ao medo. Você continuou. Sentou-se no meu colo, tirou a calcinha. Loucura, loucura. Se esfregava, esfregava e gemia. O bestalhão aqui gostando e com pavor do bilheteiro. Você me desabotoou. Foi ali no banco mesmo. Ali naquele trem noturno que nos levava, levava, levava. E apitava, apitava. Não sei mais se era o apito ou os teus gemidos na noite do nosso amor.

43

Cansado. De não achar emprego. Cansado de ver a peça. Sei tudo de cor. Cansado deste amor irremediável. Que preocupações mesquinhas tenho tido durante minha vida. Não errar no troco, conferir o caixa, fazer o relatório corretamente, manter a roupa limpa, a gravata no lugar, tratar as pessoas honestamente, procurar progredir no trabalho, viver decentemente. Quando comecei a escrever para você, pensei em dizer as maiores sacanagens. Em fazer com que você lesse besteiras, grosserias. Da pesada. Por quê? O que tinha em minha cabeça? A princípio não consegui escrever as indecências que pretendia. Depois não vi sentido. O que era uma fixação virou amor, verdadeiro, angustiado, sofri-

O GRUPO apresenta

VERA FISCHER

em

**Meu filho Antonio
de minha mulher Marta**
(4 atos e 5 quadros)

Original de MARIO PRATA
Direção de FERNANDO PEIXOTO
Com Etty Fraser, Esther Góes,
Regina Braga, Otávio Augusto,
Roberto Maia e Henrique Cesar.
Participações especiais de
DANIEL MAS e CARLOS EDUARDO NOVAES

De quarta a sábado: às 21 horas.
Domingos: 16 e 21 horas.
Estudante 50 por cento.
PROIBIDO ATÉ 18 ANOS

DOIS ÚLTIMOS DIAS

do. Claro que eu podia chegar um dia aí e dizer: eu escrevi as cartas. Você tanto podia rir, como de repente se jogar em meus braços e gritar: te esperei tanto. Pura novela de televisão. Sonhei algum tempo. Já não tenho mais vontade de sonhar. Não dá pé. Imaginei, e não há mais chances para a imaginação. Lembre-se sempre: te amo.

44

Você me fez companhia. Muito. Ninguém privou com você tanto quanto eu. Tenho de ser agradecido. Pensei muito: ela vai ficar de saco cheio. Vai pensar que sou encucado, chato, louco varrido. Vai rir de mim. E se rir? E se eu for tudo isso? A gente é. O problema Verinha é quando a gente não é. Na verdade, não sou. Me entende? Queria ser e não sou. Ser eu, do jeito que sou. Que sonho ser. Fiquei sendo dos outros, moldado, ajeitado às regras do bem viver. Fique tranqüila. Tudo bem comigo. Apliquei cento e cinqüenta mil cruzeiros em letras de câmbio. E pela primeira vez em muitos anos chorei em casa, à noite. Chorei mui-to. Nem quando você me desprezava ou brigávamos chorei assim. Oprimido, dolorido. Aquelas letras de câmbio são o meu cárcere irresistível, irremediável. Coragem, Vera, não se adquire. Nasce e se desenvolve com a gente. Ou se revela em certos momentos. Coisa de almanaque, você deve estar pensando. Se tivéssemos continuado juntos eu poderia mudar. Você me ajudaria. A ima-gem grandiosa e feliz que eu gostaria de te dar não dei. Alegrias, quais? Quando você riu comigo? E amor é feito também de risos. Principalmente. Não esse torturar diário que te passei. Por isso me afasto, me distancio. Eu, cujo grande momento na vida se passou a bordo de um trem, na noite em que você tentou me mostrar quem eu poderia ser.

Tudo bem comigo. Hoje consegui emprego noutro banco. Um lugar bom, de futuro. Continuarei seguindo tua carreira, torcendo por você, comprando revistas a teu respeito. Continuarei te amando.

45

Bilhete junto com um maço de flores do campo, entregue no teatro pouco antes de a sessão começar:

"Vera. Sou bancário? Meu nome é Beto? Gosto de você? Como é possível saber? Escrevi durante oito meses. Será que brinquei com você? O que você sentiu esse tempo todo? Como reagiu às minhas cartas? Emocionou? Se distraiu, criou o hábito de recebê-las? Como saber, não é? Hoje estou decidido. Desde que me levantei, penso nisso. É chegada a hora. A calça veio do tintureiro, comprei uma camisa, amarrotei, lavei para não parecer nova. Estarei à sua espera, quando a peça terminar. Vou ao camarim te dar um abraço. Não preciso de nada para ser reconhecido. Me apresento. Irei? Do teu amor, sempre."

O divino no meio do corredor

Joguinho bobo, exige apenas coordenação motora, habilidade com as mãos. Tudo a fazer é conduzir quatro minúsculas esferas de aço ao centro de um labirinto. Centro que é agora ideal, busca constante. Distração de criança, brinquedo de loja barata, disse o intrigado viajante que trouxe as encomendas. Por que dezesseis padres querem um aparelhinho assim, absolutamente igual, amarelo? De que maneira dizer a ele a terrível finalidade desse passatempo? Temos consciência de que este divertimento é destruição. Cada esfera dirigida através dos canais circulares nos dilacera, despedaça, machuca. Tememos. É isto, temos medo de levá-las com perfeição ao centro do labirinto. Porque a nossa consciência se assusta cada vez que conseguimos. Os princípios que nos trouxeram a viver enclausurados se dispersam quando a esfera penetra naquele centro minúsculo.

A bolinha inoxidável desliza suavemente por canais estreitos e, se você não for paciente, equilibrado, ágil, perde a chance, não penetra. E quem tem, nestes dias, tranqüilidade, lucidez? Vivemos trêmulos, ansiosos. Angústia se instala, os dedos tremem, as esferas giram alucinadas, caem de um canal para o outro, completamente sem domínio. Fica difícil, é preciso recomeçar. Domínio de si, controle das ações, perfeição. Quantos anos foram necessários para assumirmos tais crenças? Para nos salvar e conduzirmos os outros à salvação. E quando pensávamos estar sublimados, seguros, o ideal atingido, surge o joguinho.

Nosso domínio explodiu, fictício. Era vidro e se quebrou. Capricho de criança, disse o viajante procurando resposta em nossos rostos. Caiu meu coração, imaginando que ele pudesse ter adivinhado. Ou suspeitado. Viajantes são vivos, marotos, conversam desconversando, habituados a matar charadas e cruzadas em saguões de hotel, salas de espera, bancos de rodoviária. Olhava para trás, como se adiantasse observar paredes. Se fosse possível enxergar através delas, correriam todos, nos veríamos rodeados pela multidão, expostos à ignomínia. Estamos transparentes, vulneráveis. Talvez por isso ninguém saia dos quartos, a não ser para atividades essenciais, dar aulas, comer, missa. Poucos se deixam ver na capela. A maioria não se sente digna da casa do Senhor. Respeito que ficou. Até quando? À medida que cada um encontra o processo eficaz de colocar as esferas no centro, a freqüência diminui. Como se o simples ato de fazer as bolinhas penetrarem no círculo diminuto estabelecesse automaticamente ligação com o que mais temem, aquilo do qual fomos ensinados a fugir.

Tentação. A palavra perdeu alcance. Confundiram-se tentadores e tentados. Conceitos não são conceitos, princípios se tornaram meios. Não lamento, me retrato. Preciso me ver e de nada adiantam espelhos. Quero um bisturi, faca, qualquer coisa capaz de me abrir com dor, sem anestesias. Para me expiar. As palavras não significam, soam apenas como amontoados de letras. Perdi a capacidade de fazer com que elas me transtornem. Antigamente, uma simples letra do breviário, oração do missal, salmo, era capaz de me levar ao transe, me acreditando mergulhado na contemplação do divino. Divino. Seria padre Leonardo um blasfemo, quando disse que o divino está encerrado no meio do corredor? Ali, em sangue e alma à espera. Salvação. Está ali. Não ficou para depois da morte, não é promessa vaga, aceno que depende do meu comportamento, boas ações, amor ao próximo. Amor a mim, eis o que é.

Nestes últimos dias, penso que vi coisas que jamais pudessem se passar, ainda que eu morasse fora. Me espantam, ainda que pareça pouco. Todavia, o que sabemos é escasso. Enterrados nesta solidão de matas e montanhas, ignorados do mundo, isolados, ensinamos. Quantas vezes me perguntei, quando lia algum jornal ocasional, deixado pelos turistas domingueiros nos bancos do refeitório, como podemos ensinar, se não temos contato com quase nada. Não entendemos bastante do que se passa no mundo exterior. E mundo exterior é o que se estende além dessas montanhas. Não compreendemos nem os caboclos que batem na porta da cozinha pedindo comida. A cada dia, a fila de famintos cresce. Quem são, de onde vêm? Como se tivéssemos de alimentar a humanidade, nós que não somos entidade assistencial nem ordem dedicada à caridade.

Vez ou outra, contemplando a mata envolvida em neblina, imaginava se não estávamos mortos, no céu. Falei com os padres. Alguns me fixaram estranhamente. Pretensão estar no céu. Me reprovaram com o olhar silencioso e altivo, dono de toda a verdade, com o qual me acostumei, nos habituamos todos. Olhar que percebo agora modificado. Guloso, pedinte, lascivo. Lascivo. Não é uma palavra engraçada que está nos textos religiosos, queimando como brasa do demônio? Não existe um só padre que sustente o olhar para o outro, porque será denunciado. É uma forma de hipocrisia, uma vez que corremos em busca da mesma coisa. Participamos de um jogo, somos adversários. Deixamos de ser a comunidade una, identificada. Se é que fomos um dia. O que nos iguala é o treino diário, minuto a minuto, deste joguinho. Ansiando para que o outro não consiga. O coração acelerado a cada exclamação de alegria, abafada, por trás das portas. Todos se vigiando, se controlando. Há um ódio latente, sub-reptício, que emana de cada um, dispara pelos corredores. Ódio que vem do amor, deste desejo secreto que nos aproxima.

Quem anda pelo corredor ouve, atrás de cada porta, o ruído das esferas. Esferas ansiosas, nervosas, sequiosas, medrosas. Como os dedos que impulsionam os aparelhinhos, trêmulos na antecipação do que poderá ser. Cada um de nós esqueceu a esperança de salvação, controle do sentido, domínio, transmissão de conhecimentos, formação de mentes. Há um mês os alunos estão abandonados, sem compreender a excessiva liberdade que ganharam de um momento para outro. Os professores não aparecem nas classes, os estudantes vão para o pátio, jardins, campo de futebol. Internam-se no mato. Não há vigilantes, chamadas, horários, apenas a comida sai em períodos regulares. Como se um raio tivesse caído, deixando as pessoas em estado de choque.

Verdade, andamos traumatizados, incapazes de assumir o novo que surgiu dentro de cada um. Divididos interiormente, arrasados. Nosso ideal não é mais Cristo. Tenho coragem de admitir. Quantos mais terão, de cabeça erguida? Por que me arvoro em juiz de meus companheiros, se não sou melhor do que eles, e sim absolutamente igual? De cabeça erguida, nem eu. Dominados, fomos iluminados de repente. Não temos ainda noção diante do que estamos. Se rompimento, novo caminho ou a um passo da perdição. Salvação, perdição. Palavras que guiaram nossa existência desde o princípio. Somos uma velha geração de padres que se entregou, estivemos à beira da não-recuperação. Agora, tudo muda. Houve alguma agitação. Nota-se alegria por trás dos rostos perturbados. Expressões vivas. Animação excessiva para quem vive em recluso, fechado entre paredes, sobre a cabeça o peso dos tetos altos, escuros, luzes mortiças. A mata e a montanha se fecham, aprisionam, impedem que o mundo chegue. As noites caem cedo, o sol se perde entre colinas. Foi um local ideal para recolhimento, reflexão?

Durante o dia, alguns padres se escondem atrás de pedras e tiram as batinas, peitos pálidos, expostos ao sol. Respirações sôfregas. Se alguém observar direito, vai descobrir. Todos contemplam uma única janela, como árabes voltados para Meca. Há uma luta dentro de cada um. Quem vai ganhar? O peso do condicionamento, daquilo a que nos reduziram, ou o que ainda existe em nós de humano, transcendental? Outro dia, padre Luciano me chamou para ver seu quarto. Havia uma grande fotografia, uma dessas paisagens coloridas, que ele recortou não-sei-de-onde. Pode ser que guardasse em algum lugar, estava amarelecida. Quer dizer, teve coragem de retirar do armário, baú, de cima do forro e pregar na parede. Coragem de ostentar, sã vaidade, seu pedaço de mundo. A sensação é que havia uma saída, janela para o espaço aberto, livre. A gravura estabelecia um túnel entre este colégio e o exterior, real que há além de nós e do qual nos distanciamos. E em nome de quê? Transformados num bando de homens pré-históricos, arcaicos, empunhando a salvação e condução de meninos e meninas. Nem mais isso. Antigamente aqui se formavam políticos, magistrados, médicos, advogados, governantes, hoje abrigamos crianças-problema, adolescentes que as famílias não controlam e querem se livrar deles.

Armaduras por terras, em pedaços, enferrujadas. Uma força faz com que os padres se exponham. Nos violentamos, saímos para fora. O prédio desperta, descobrimos a sua feiúra, nossos sentidos em alerta. Padre Antonio foi visto trocando lâmpadas, queimadas há dez anos e jamais repostas. Afugentar penumbras. Os murmúrios crescem, como se pretendessem eliminar este silêncio mortífero, paz inquietante e perturbadora, marca e orgulho deste lugar. Contemplação. Inutilmente o reitor tenta recompor os cacos espalhados. São visíveis, concretos. Ele se fechou em seu quarto, depois de tentar falar com cada um. Montar pedaços, colar retalhos, impossível. Surpreendi um padre a escutar à sua porta. Queria saber se também o reitor treinava o joguinho. Não deve estar. Aos setenta e oito anos, seus desejos devem estar atrofiados, ele jamais sucumbira à tentação. Com que certeza afirmo. Logo agora que toda certeza desapareceu. Não há segurança, rolamos ansiosos e desamparados, nos conhecemos perdidos, desolados, pecadores, marchando a caminho da perdição.

Perdição. Por quê? Nos supliciamos, nos contemos, nos seguramos, nos impedimos com uma simples palavra, cujo sentido maior, daqui para a frente, é: ela não tem mais sentido algum. Perder-se é não colocar as esferas no centro, recebendo o prêmio maior, a possibilidade de penetrar naquele quarto. Ali, a redenção, meta, procura o encontro. Cruzei na capela, tão pouco freqüentada agora, com padre Bento e percebi um suave perfume, colônia delicada. Quando me voltei, ele também se virou. Sorriu abertamente com seus dentes amarelos (nem dos dentes cuidávamos mais, imaginem). Cúmplice, companheiro, autoconfiante, a me solicitar: você me compreende, sabe por quê. Fiquei pensando onde teria obtido a colônia. Estaria também escondida, como a gravura do padre Luciano? Ou foi produzida no laboratório, com álcoois e flores de jardim, sendo ele, padre Bento, o catedrático de química? Padre Bento, severo, intransigente, rígido, odiado pelos alunos, preso às fórmulas imutáveis da matéria. Me lembro da palavra intoxicado, não sei por quê, mas me lembro. É como me sinto, penso que todos estamos. Intoxicados por aquela presença, delirantes, deliciosamente pertubados.

Me perco em palavras, me deixo envolver. E se preencho este caderno, dia a dia, será que não para expiar a culpa, o sentimento de desolação que me assola, por me ver tão entregue a estes pensamentos, a este desejo que me consome, me devora? Transposição, transferência, mera justificativa para não guardar sentimentos impuros. Pensamos sempre em termos de puro e impuro, pecado ou não, bem e mal, pode não pode, salvação perdição, tentação resistência. Noite, e são apenas cinco e meia da tarde. O quarto escuro, penso em outro quarto. Todo mundo pensa nele, enquanto os joguinhos rolam nas mãos. Parar de pensar, meu deus, não dá, seja o que for, o que for que aconteça. As portas trancadas. Cada porta selada, lacrada como um sacrário, indevassável, inviolável. Mas nada é inviolável, é tudo transparente, eu sei, todo mundo sabe. Estamos fechados não pelo frio, e sim pelo calor. Cada um de nós suavemente aquecido, acariciado por este meditar saudável, alegre, secreto, amável que nos conduz, empurra, dilacera, exaspera, estimula, dissolve. Envolvidos. Ou sou eu, e para me expiar, diminuir a culpa, não me mortificar, julgo que não estou sozinho, que esta paixão é dividida, por que tudo sempre foi dividido na comunidade?

Nestes dias vivo sufocado de indagações, sem respostas. Jamais tive resposta a qualquer pergunta sobre minha própria vida, em todos os anos que aqui passei. Não, não pode ser apenas eu, os sinais exteriores mostram. A gravura do padre Luciano, a lâmpada trocada, o perfume do padre Bento, o andar saltitante e estranho do padre Hugo, o homem mais recatado, humilde, com sua figura ignorada, apagada, ele sempre fez questão de desaparecer. E padre Chico que retira teias de aranha por todos os cantos? Este partilhar me alivia e, ao mesmo tempo, me alucina, porque não sei qual de nós vai ser o possuidor. Se é que alguém vai. Se tudo não passa de um divertimento, armadilha em que estamos sendo usados, pura brincadeira. Riem de nós, figuras ridículas a treinar joguinhos para ganhar um prêmio, que talvez nem seja entregue.

Ah, chegar àquele centro com as esferas. Fazê-lo num simples gesto e poder pegar naquelas mãos, nos braços longos, sentir os dedos tocando meus cabelos, minha boca, girando em torno de meus lábios. Morder os dedos suavemente, morder até sangrar. Sangue, sangue de cristo salvai-me, sangue de cristo santificai-me, água do lado de cristo lavai-me, paixão de cristo confortai-me, paixão. Entendo a tentação do horto, horas e horas, dúvidas e angústias. Compreendo o que deve ter sido olhar de cima da montanha, contemplar o reino da terra oferecido e ter que resistir afastar o demônio. Não quero resistir nem repelir, o que desejo é me entregar. Desmoronou o domínio sobre os sentidos. Porque eu te quero, como te quero.

Meço cada metro deste corredor, meço cada ladrilho, sei o que vale cada passo temeroso, o medo de ser descoberto, maldito corredor que não se acaba, iluminado. Desgraçado padre Antonio, porque colocou lâmpadas, aquela penumbra era cúmplice, acolhedora, protegia, agora nos expomos, nus, abertos, como a chaga do peito de cristo. Vou arrebentar lâmpadas, destruir tudo, arrancar a fiação, para que fique a treva e eu possa atravessar este corredor. Ofício de Trevas, treva em mim propagada em ondas, dominando o colégio, quartos, corredores, capela, salas de aula, dormitórios, banheiros. Ah, naquele banheiro, vi, pela primeira vez, a pele, branca, alva, hóstia que se oferecia pronta a se dissolver em minha boca, lançando para dentro de mim o meu deus vivo. Ali conheci a presença do divino, anunciada claramente, como jamais percebi nestes longos e dolorosos anos de solidão, penitência, trabalho. Trevas e luz se misturaram e a luz pontilhava pedaços de pele branca, um corpo sólido.

Deus, me ampare, proteja. Não me deixe erguer a mão, não me deixe girar a chave, abrir a porta, pesquisar o corredor. Sinto a respiração atrás de cada porta. Nesta noite os joguinhos estão silenciosos, será que estamos todos fazendo o mesmo gesto diante das fechaduras, tentando abrir, espionar, querendo atravessar, criando coragem? Coragem que não temos, que nos foi arrancada por anos de oração, sacrifício, renúncia. Renúncia, renúncia, maldita renúncia, eu te odeio, renúncia que me obriga a não fazer nada, a permanecer nesta cama fria, gelada, neste odioso lençol branco, mortalha onde o suor imprime meu corpo cheio de vontade. Este branco não é a pureza, mas prisão, jaula, solitária. Martírio, calvário, cativeiro, silício, suplício, sacrifício, suprema tortura, pior que a coroa de espinhos colocada em tua testa. Não, não te ofereço a penitência, mas sim aquele corpo imaculado que ninguém tocou. Ninguém?

Alucinação, não dá para suportar, a culpa não é minha, fico pensando em culpa, expiação, o tempo inteiro, essa culpa colocada no fundo da gente, eu queria explodi-la com dinamite, fazer com que a pedreira caísse, em cima de mim, deste colégio quieto, deste colégio que geme inteiro, cada coração meu rival num murmúrio. Por que não venderam, não demoliram, quando aqueles homens vieram e a congregação disse não adianta mais, a escola não se sustenta, quem vem estudar de tal lonjura, num regime destes? Pouco adiantou romper a mais sagrada tradição, abrir classes mistas, tentar trazer meninas, hoje somos mais professores que alunos. Daqui a pouco talvez nem sejamos colégio. Começaram a vender as matas, logo vão desaparecer os caçadores de orquídeas, que aos domingos enchiam as trilhas e vinham comer aqui, o refeitório lotado, como nos antigos tempos, e o colégio fazia dinheiro. Quanto mais vazio, melhor, seria bom se todos os padres, todos, se fossem, não ficasse ninguém. Apenas nós dois, a vagar pelos cômodos desertos, nosso domínio, posse.

Meu corpo treme, procuro me controlar, agarro-me a mim mesmo, me rodeio, no entanto, não é a mim que desejo envolver, abraçar, queira me grudar a cada centímetro daquela pele, tocar cada gota de suor que sai de seus poros, nesta noite de calor, rodeado por este cheiro de jasmim que penetra. Penetrar, entrar, estar, entregar. Fazer com que as portas daquele quarto se abram, aqui estou, cordeiro de deus, faça-se em mim, passe-se em mim, esfregue-se em mim, chegue-se a mim, me procure, me conheça, murmure, para gemer comigo, meu pai, meu pai, por que me abandonaste?

Passos no corredor. Não são passos, um vento qualquer, às vezes entram galhos pela janela, ficam jogados pelos ladrilhos. Imaginação, febre, invento que alguém está saindo e correndo para aquele quarto, joguinho na mão, para anunciar vitorioso, consegui, venha a mim, você prometeu. Prometeu que seria daquele que conseguisse levar as bolinhas ao centro dos labirintos, porque esse é o teu jogo favorito, foi com ele nas mãos que você subiu as escadas, naquela tarde de matrículas, o pai ao lado, um velho corcunda, e a mãe, seca, autoritária, tratando de tudo. Nem dava para se pensar como é que aqueles dois, diferentes, feios, pudessem ter gerado tal encanto, leve, ágil, o olhar translúcido, me atravessando. Fiquei gelado no alto da escada, e compreendi, no mesmo instante que a minha vida tinha mudado. O que me deu medo, passei anos sem que nada acontecesse, me transformasse. Sempre evitei alterações bruscas, tratei de me conduzir nos trilhos.

Até que você subiu os degraus, passou por mim, olhou num relance. E foi o suficiente para que eu visse. Você não subia. Era uma ascensão. Flutuava e caminhava em direção à secretaria, como se atravessasse sobre as águas, tranqüilo e sereno, com toda a tempestade em volta. Naquele instante, o furacão varreu sobre a gente, tocou, arrebentou cada padre que estava ali. Atrás de mim ficou o vazio, depressão profunda, meus pedaços rolaram, minha cabeça esmigalhada, tudo caía no mar. Sobre o barulho das ondas, eu ouvia um ruído que não entendia, vinha de dentro de sua mão. A mão esquerda que se agitava constantemente, como se fosse um tique. Havia algo dentro dela, e eu ouvia o ruído, sem perceber. Até que você depositou, no balcão da portaria, o pequeno jogo amarelo. Um círculo de plástico fechado, canais labirínticos se comunicando através de pequenas aberturas, e as quatro bolinhas girando infernalmente, ao mais leve, ínfimo movimento. Se deslocavam rápidas, incrivelmente velozes, e ao raspar o plástico produzia aquele barulhinho que hoje se ouve por trás das portas. "Quer fazer este jogo?", foi a primeira coisa que me perguntou. E acrescentou: "É bom para os reflexos, você adquire o domínio total. Gosto dele. Admiro quem faz".

Esse domínio que procuramos através de recolhimento, oração. Tudo perdeu a força. Então eu podia ganhar esse conhecimento de outro modo. Tinha chegado o momento, um novo conhecimento me tomava, outra forma de ver o mundo, a vida, a mim. Ficou bem claro. A confusão é que tudo se chocava com o que eu sabia, tinha aprendido, treinado, me disciplinado por anos. Nada mais valia, e nesse vazio, no vácuo que se estabeleceu, rolei em pedaços, perseguido pelo ruído daquele joguinho infantil, bobo, exasperante, irritantemente difícil em sua simplicidade.

Por que veio? Pergunto, vez ou outra, quando as dúvidas me assaltam, quando te desejo mais. Você nos arrasou, aniquilou, eliminou a segurança e crença que possuíamos, a fé inquebrantável. Não, não posso falar isso, é mentira, injustiça, você salvou, eliminou as trevas, nos fez ressurgir dos mortos. Nada conhecíamos até você entrar por aquela porta, aberta uma vez ao ano. Foi muito rápido, mas todos ficaram incomodados. O que me impressionou é que a partir daquele instante passamos a sentir sua presença, qualquer coisa que pairava no ar, espírito, algo no qual acreditávamos, sopro. Padre Ramos que foi o primeiro, quatro dias depois se mostrava transtornado, terrivelmente deprimido. Não queria ter feito, mas foi acima do que ele podia suportar, agoniante, mas repleto do mais puro êxtase.

Hoje faz dez dias que levaram padre Ramos. Saiu na maca, imobilizado, olhar distante, mas o rosto tranqüilo, como se tivesse afinal atingido. Claro que percebemos a tranqüilidade de padre Ramos, transportado, e sabíamos o porquê. Aquilo nos levou a tentar também. A procurar, querer, e a presença se fez sentir, era uma pulsação, emoção, transmitia vida ao colégio soturno, as vozes passaram a se erguer altas na capela, nos cânticos e nas orações. Ressurreição. Mudaram os gestos, vozes, o modo de falar, de sentar, de olhar, surgiram sorrisos, sentimos a feiúra dos corredores, nos refugiamos nos jardins abandonados, nos inclinamos para os canteiros, arrancamos as ervas, o mato, encontramos as flores.

Menos de um mês depois da chegada, não se podia mais dizer que o colégio estava morto, ele se agitou, demos aulas entusiasmados, programamos jogos. Havia sempre a presença insinuante, presença estranha, que sentíamos principalmente na sua ausência. Então passávamos pelo corredor, frente ao quarto fechado, e existia diante daquela porta um clima de sensualidade que ultrapassava tudo. Como se fosse um infra-som, infracheiro. Vejam, logo eu falando em sensualidade, sem medo das palavras, do que elas representam. Era uma coisa que se colava ao chão, grudava nos pés, recendia das paredes. Numa tarde, uma semana atrás, ou um ano, nem sei, sumiu a noção de tempo, passei diante da porta entreaberta e gelei, paralisado, contente. Difícil dizer o que me deu, a coragem que me impulsionou. Penetrei no quarto e abaixei o olhar, não conseguia fixar a vista, me fazia mal, porque eu me sentia observado, contemplado, transfixado. Até meus pensamentos eram lidos, e não fazia mal, tudo que havia em minha cabeça era amor e desejo e isso eu queria que saísse para fora, sem precisar dizer. O medo sempre fica, e vi que era o medo que me levava ao silêncio, a abaixar os olhos. Querendo que se soubesse o que ia em mim, sem me comprometer com as palavras. Pecado da omissão. Mudo, eu não assumia.

E, então, vi o brinquedinho estendido: "Você tem bons reflexos?". Me chamava de você, eu nem me incomodava. O sentido da hierarquia por terra, eu buscava em mim o padre temido, dominador, disciplinador, o que se impunha pela voz, porte, punho erguido, sem precisar aterrorizar, punir com notas baixas. Não encontrava. Não existia, e era uma perda que não me atrapalhava, não me tirava a segurança. Como responder àquele menino ainda, erguer minha voz tonitruante, fazendo com que ele se sentisse ameaçado, esmagado, perdido, frágil, desamparado, e talvez me odiando?

101

Eu é que fui ameaçado. Me abalaram, caíram minhas estruturas, fui conquistado, dobrado. Sim, era o meu ofertório. Toma, este é o meu corpo, o meu sangue, te entrego a minha alma, ela vos pertence. As bolinhas giraram alucinadas pelos labirintos. "Só me terá quem souber colocar as quatro no centro." Não posso estar louco, não acredito nem um pouco que minha cabeça tenha se transtornado tanto.

Verdade, foi assim que disse, e aceitei, e não estou louco. Porque todos aceitaram o jogo, sem sentido, infantil, manha, capricho, está a brincar com a gente, a rir. Que brinque, deixe, é tão bom estar solto, descontraído, uma única preocupação do mundo, a vida empenhada em dominar com uma só mão quatro esferas que insistem em escapar. Ou será que estamos todos somente tentando agradá-lo, mostrando que também gostamos do jogo, somos espertos e capazes, para assim atraí-lo melhor? Quem sabe, me ocorreu, a insistência com o jogo não significasse simplesmente uma forma de escapar, fugir, sem dizer não, a fim de não magoar, não ferir, não ganhar inimigos. Por que não ferir, que interesse podia haver em não machucar? Meu Deus, me fascina este desconhecimento sobre as pessoas, não ter a mínima idéia do que orienta e conduz os atos, estar dentro de uma situação onde não somos donos.

Excita este mistério provocado pela ambigüidade, que maravilha é a surpresa do próximo gesto que tanto pode repetir o anterior como vir inteiramente renovado, diferente, inesperado. Assim, a vida passa a ter sentido, se renova a cada instante, nos deixa alertas, tensos, vivos. Pela minha alma, ele impôs, era a condição, não inventei. Por alguns segundos me parece que há um grande silêncio por trás das portas, tempo de meditação, os jogos abandonados sobre as mesas, cada um pensando numa forma de atingir o centro, descobrir um truque, o jeito de mão.

Coloquei as esferas, cinco vezes seguidas. Coloquei as quatro. Acho pouco, pode ter sido acaso, e não quero jogar com acasos, coincidências. Quero chegar lá consciente de que conquistei por direito, por domínio de mim, de minhas ações e gestos. Quero estar calmo, disponível, aberto. Para estender a mão, uma só mão, como exige este regulamento inexistente, acordo tácito entre quem e o quê. E a minha mão, firme, com dois gestos apenas, vai colocar as esferas no centro dos labirintos. Vou poder então acariciar aquela pele. Pela primeira vez em minha vida tocar a carne suave do cordeiro de deus.

O Amor

Lígia, por um momento!

Para Isabel Montero e Flávio Loureiro Chaves

"Há mais de um ano espero a chance para te fazer uma pergunta", disse Zé Mário. "Te dou uma carona, vamos conversando." Aceitei, eram onze da noite, não havia como sair do Ibirapuera, a não ser que se achasse um táxi, na pura sorte. Ou atravessando as alamedas escuras, se conseguisse chegar ileso a um ponto de ônibus. Confesso, não tinha coragem de passar entre os eucaliptos e as capoeiras de arbustos. Ter medo de assalto é normal, facilitar é suicídio. Esse era o problema da Bienal do Livro. A saída. No final, as pessoas corriam como baratas, ansiosas em busca de amigos que pudessem levar.

Descemos para o estacionamento, Zé Mário me olhava receoso. Que pergunta seria esta que leva um ano a ser feita? Durante este tempo nos encontramos muitas vezes, ele sempre está em lançamento de livros, coquetéis, faculdades onde faço palestras. Freqüentamos os mesmos cinemas, as pessoas de um grupo idêntico, ele é professor de Teoria Literária e eu sou jornalista, escrevo uns contos de vez em quando. Circulamos dentro de áreas restritas, dificilmente fugindo a determinados limites.

São os mesmos cinemas, teatros, os bares e restaurantes, mesmas pessoas nas mesmas festas. Talvez por isso eu esteja um pouco afastado; me cansa. Não quero que um dia possam dizer: "Ah, está à procura dele? Pois tem um coquetel para a venda de um saco de feijão, ele vai estar lá". A gente precisa resguardar um pouco, se conter. Se dar, porém lentamente, com menos sofreguidão. Gosto de Zé Mário, ele veio do Sul, era garoto ainda, estivemos apaixonados pela mesma mulher. Ganhei dele; e não ficou meu inimigo, ao contrário, tentou se aproximar e conseguiu. "Naquele tempo, você exercia um fascínio sobre as pessoas, escrevia em jornal, era irônico, todo mundo tinha medo do que você dizia, era um cínico, agressivo. Exatamente o que eu queria ser, eu tinha chegado de Porto Alegre, queria conquistar São Paulo, lembra-se? Queria que me admirassem, as pessoas te curtiam, você tinha chegado da Europa trazendo discos da Joan Baez, o seu apartamento se enchia de gente." Os discos da Baez. Tenho ainda exatamente os mesmos, nunca mais coloquei na vitrola. Por bloqueio. Não tenho coragem. Sei o que eles me trazem de volta. Ligação e rompimento. Uma tarde, Baez cantava "Baby I Gonna Leave You", e essa tarde marcou minha vida, como a mais dolorida, ela me deixou com o sentido de rejeição que até hoje, homem maduro, carrego, cheio de insegurança.

Tinha chovido, mas o céu já estava limpo. Rompemos entre luzes irreais, o vapor de mercúrio tornava prateados os gramados úmidos, o silêncio era enorme.

– Pergunta – eu pedi, mais ansioso do que ele.

– Sabe, percebi um dia que minha vida poderia ter sido modificada. E não deixei. Você já teve esta sensação?

– Na hora, não. Depois, sim. Mas depois é fácil ver as coisas. Não dá para julgar ou se sentir culpado.

– É estranho que você esteja ligado a dois momentos importantes de minha vida. Primeiro, aquela mulher que você ganhou. Tinha de ganhar, você era mais velho, no grupo todos falavam de você e de repente o homem de quem todos falam chega da Europa. Ela era uma atriz principiante, vinda de Porto Alegre. Claro, aceitei, eu também te admirava. Mas, desta vez, foi diferente.

– Diz logo, não fica rodeando.

– Não sei, pode ser que eu tenha criado um mito na minha cabeça. Não me interessa. Fiquei marcado e preciso saber. Talvez haja tempo. Preciso saber, e só você pode me ajudar. É difícil explicar. Ficou na minha cabeça. É uma obsessão. Vai ouvindo, depois me diz. Não, depois me ajuda! Tenho de resolver isso, não posso mais segurar. Se eu conseguir encontrá-la, pode ser que ainda me salve. Ando confuso, perdi minha tese por incapacidade de concentração. Acredita? Acho que não, você continua cínico, não pode ter idéia do que seja sentar-se à mesa para estudar, escrever, tomar notas e não ver nada, não fixar uma só linha. Me fechei completamente. Porque sei. Eu me recusei. Recusei uma coisa que desejava. Foi um daqueles momentos que decidem tua vida. Já teve disso? Saber que foi aquele instante e que o teu gesto, o teu próximo passo determinou tudo? Fui covarde e não me conformo. Fiquei pensando: sempre é tempo. Hoje decidi. Vai ser esta noite. Esteja onde estiver, vou atrás dela. Se estiver em São Paulo, vou bater na porta, não interessa se casou ou não. Se mudou, encho o tanque e vou em frente, nem que tenha de atravessar o Brasil. Pareço bobo, não? Dom Quixote. Pode ser. Esta noite é pra valer. Resolvi.

– Se fosse mais claro, deixasse de falar para você mesmo, seria mais fácil.

– Estou assim, porque você precisa entender a importância. Agora compreendo a frase vida ou morte. É um lugar-comum, só que estou dentro dele. Vida ou morte. Um ano atrás eu me apaixonei por uma mulher que estava com você. Nos vimos uma só noite. Nunca mais parei de pensar nela. Nunca mais. Dia e noite. Acordo, levanto, trabalho, durmo, acordo. Um ano. Marquei o dia, hora, tudo. Pareço um moleque, um adolescente? Assim que ela me deixou. Adolescente. Que maravilha. Fazia anos que não me sentia desse jeito. Dormindo abraçado ao travesseiro, imaginando que é ela. Pode? Um homem desquitado, de quarenta anos, dois filhos? Até me dá um pouco de vergonha.

– Pois é, as pessoas andam tão fechadas que se envergonham das emoções. Então, negam tudo, se tornam intransponíveis, não percebem o encanto dos pequenos toques elétricos que fazem a gente vibrar e viver.

– Deixa isso pra lá. Não te dei carona para analisar emoções da humanidade. Que mania você tem, continua igual! O problema é que eu preciso encontrar Lígia.

– Ah, Lígia?

– Ela mesmo. Não tem a mínima idéia de como preciso dela. Pensei muito se não criei na minha cabeça alguma coisa. Acho que não. Tenho certeza. A gente não tem muitas certezas na vida, mas esta eu tenho. É ela.

– Lígia?

– Faz um ano. Você entrou com uma menina loira e sentou-se ao meu lado, lembra-se? Era o último dia que exibiam *Corações e mentes*, o cinema estava cheio. Você nem tinha me visto, te chamei. Havia um lugar vago ao meu lado. Você pediu: "Guarda que ainda vem uma amiga nossa". Coloquei minha bolsa. Logo depois, ela chegou. Quando atravessou o corredor à nossa frente, lembra-se, estávamos na segunda fila, do meio para trás, senti que era ela. Só podia ser. Vi o perfil, no escuro. Na penumbra, batida de luz. Alta, o rosto de traços decididos, suave no recorte. Pode? Foi assim que vi, naquela hora. Tinha o andar firme, um jeito meio... soberbo... não é bem a palavra... é soberbo mesmo. Um certo orgulho, segurança. Você chamou, ela veio, sentou-se ao meu lado. Me deu a mão, sorriu. Engraçado, parecia que nos conhecíamos há tanto tempo. Sempre fui tímido com mulheres desconhecidas, mas não com aquela...

Não com aquela, penso. Por que não com aquela? Que era de intimidar. Lígia não era bonita, porém compensava com todos os truques. Eram muitos. O corpo magro, bem-feito e tão desejado. Ela mal tinha idéia como era desejada. Editora de moda e sabia o que vestir, como vestir. Se valorizava. Os olhos eram claros e o sorriso grande. Servia-se deles também para afastar as pessoas. Quando queria, era inacessível, distante, fria. Para isso, valia-se de uma ascendência de menina rica, bem tratada. Gente bem-nascida, bem-criada, que falava várias línguas. Claro, a família perdeu tudo, ela teve que trabalhar como todo mundo. Mas deixava entrever que não era como todo mundo. Por isso, foi difícil para ela no começo. Havia a distância, o isolamento. Mesmo as pessoas que ela queria ficavam desconfiadas. Foi apenas uma fase, com os anos, ela se integrou. Casou-se, teve uma filha, foi morar nos Estados Unidos. Mas o casamento balançou, eles voltaram. Foram morar, quase como hippies, numa casinha, na praia, perto do Rio. Tinham guardado algum dinheiro, o marido era correspondente de uma revista americana qualquer. Uma vez, saiu reportagem sobre pessoas que estavam fugindo das cidades. No *Jornal do Brasil*. Falavam dela. Um rosto feliz, ela fazia bordados que vendia na feira na praça. E, dizia a reportagem, estava se preparando para escrever. Uns contos. Não queria voltar para a cidade. Sua casa era branca, com redes, plantas, desenhos que eles mesmos faziam e colavam pelas paredes. A filha, com dois anos, vivia solta. A casa ficava numa ponta da vila, não havia carros, perigo nenhum. Lígia parecia ter descoberto a vida que a gente queria e tinha coragem de assumir. Vendo a reportagem, pensei que ela devia ter se transformado muito por dentro. Claro, por que não admitir? Lígia tinha sido uma esnobe. Inadaptada. Áspera. Árdua de se conviver. Foi preciso ser machucada, para descer do seu olimpo. Verdade que ela tinha sido colocada nesse olimpo, não subira de propósito. Os seus primeiros contatos com o cotidiano foram acidentados; e ela foi cortando arestas, aparando pontas. Até se tornar pessoa agradável, desejada. Tenho uma grande amiga, Maria Alice, que era confidente de Lígia. Ela sofria, me disse, porque não se sentia atraente. E era, sem saber. Tanto que a maioria do meu grupo a queria. Tanto que ali estava Zé Mário, morto de fixação.

– ... você está me escutando? Estou te enchendo? Estou, está na cara. Fica aí olhando para fora...

– Não, continua. – Pensava em Lígia. – Fala.

Está tudo tão vivo na minha cabeça. De repente, no meio do filme, ela estendeu a mão. Cheia de balas. Foi um choque. Pensa bem! Na tela, aquela sangreira do Vietnã. Foi na cena em que o oficial mata o soldado com um tiro na cabeça. E, ao meu lado, aquela mulher com um sorriso, estendendo a mão cheia de açúcar. Acha que fiquei bobo? Eu não! Acho lindo. Me tocou. Apanhei uma bala e senti, comigo mesmo, que estava estabelecida a cumplicidade. Porque ela não ofereceu a bala a você. Era uma coisa nossa, ali, no escuro do cinema. Minha e dela. E éramos completamente desconhecidos. Falamos coisas durante o filme. Não me lembro o quê. Só sei que eram observações sobre a vida americana que ela parecia conhecer bem. Detalhes que me escapavam e ela completava. Quando o filme terminou, combinamos de jantar. Todos. Ela estava de carro. Andamos muito, estava estacionado longe, perto da banca de flores do largo do Arouche. Um Volks creme, sujo de barro. "Vim hoje da praia", ela comentou. "Peguei um desvio todo enlameado." Abriu a porta, bateu a mão no assento traseiro. "Ainda está cheio de areia. Mas areia não suja, não é?" Olhei as mãos dela, os braços. Era uma noite de calor, ela usava um vestido leve, de algodão cru. Sua pele era morena e senti uma excitação. Lígia trazia o sol na pele, o primeiro sol de verão que tinha queimado levemente seus braços. Quis tocar naquela carne, deixei a mão solta sobre o banco, ela raspava o ombro nos meus dedos. Cúmplice. Ela tinha se tornado minha cúmplice, naquela noite, e gostávamos do jogo.

Me lembro que depois Lígia desapareceu. Passaram seis meses, voltou a São Paulo, procurando empregos em revistas. Tinha se separado, a filha estava com os pais dele, num país aqui da América. Em tudo Lígia precisava ser diferente. Não, nada de ligações comuns, de dia-a-dia. Havia um mistério qualquer nela, uma coisa insondável que não chegávamos a compreender. Penso que somente Maria Alice, a minha amiga que foi confidente dela, chegou a entendê-la um pouco, à certa altura. Porque, então, Lígia iniciaria um processo de abertura para a vida e as coisas. Fazia uma espécie de exame de si mesma, de suas relações, do que pretendia. Mostrava a Maria Alice os esboços dos contos. Rasgava a maioria, insatisfeita. "Nunca estive satisfeita com nada, o que há comigo? Nem com as pessoas, nem com meu trabalho, nem com nada. Mas posso recomeçar, agora vejo tudo tão claro. E vou recomeçar." Naquela semana em que fomos ver *Corações e mentes* ela se preparava para ir ao encontro do ex-marido. Pela terceira e última vez, numa tentativa de reconciliação. Achava que valia a pena, porque existia a filha.

– O que é que há? Vou parar, pô!

– Nada disso, continua. Estava me lembrando que naquela semana Lígia ia embora. E você também. Falou nisso o jantar todo. Sei lá que viagem você ia fazer. Ia ver uma escola em Blumenau. A gente ainda gozou: fazer o quê em Blumenau? Vai é se enterrar. E, no fundo, estávamos mortos de inveja. Você embarcava no dia seguinte, não foi?

– Isso mesmo! Viagem desgraçada. Por que fui? Era só ficar. Que nada. Fui pensando nela.

– Mas conta o jantar...

– Nada especial. Você estava interessado na loirinha. Ou não estava? Nem prestei atenção. Só me interessava Lígia. Durante o jantar uma ou duas piadas, um olhar, um sorriso e eu tive certeza. Era ela. Fizemos ali naquela mesa um mundo particular, dentro do qual nos entendemos. Éramos quatro, e na verdade éramos dois. O resto estava isolado, fora de nossos limites. Dá para entender? Não acha incrível esta sensação, quando ela se apodera da gente? Estamos no meio de todo mundo, afastados vinte metros um do outro. Mas a pessoa está dentro do teu círculo e você no dela. E ninguém penetra nosso cordão mágico. É muito bobo?

– Continua com vergonha, hein? A gente é mesmo besta. Se solta, puxa!

– Na hora de ir embora, percebeu que fizemos uma manobra? Deixamos a loirinha, depois você. Demos voltas incríveis, só para ficarmos juntos. Ela me levou em casa. Ficamos conversando no carro, diante do meu prédio por umas duas horas. Estava amanhecendo quando ela se foi. Eu podia ter dito: sobe comigo. Mas não era hora. Era coisa que, com Lígia, devia acontecer naturalmente. E ia acontecer. Ela ainda perguntou: "Você precisa viajar mesmo? Tem que ir?". Banquei o besta. "Tenho, é a minha carreira, meu futuro." De tanto pensar no futuro, a gente acaba por destruí-lo. Ela se foi, subi. A mala estava pronta. Se abro, nunca mais viajo, pensei. Não abri. Tomei um café, desci, peguei um táxi e fui para a rodoviária. Para não encontrar emprego em Blumenau. E voltar seis meses depois, recomeçar. Te procurei, você estava viajando. Daquelas coisas que acontecem em São Paulo. Desencontro, desencontro. Um pouco de besteira minha. No fundo, nos encontramos, mas eu tinha medo. Que você me gozasse. Ou dissesse: ela voltou para o marido, está feliz. Era isso, medo de que ela estivesse bem com o outro.

Penso agora nas coisas que Maria Alice me contou. Cada tarde, ela chegava e desabafava. Tinha ido visitar Lígia. Voltava arrasada, precisava de mim para se recuperar. Lígia tinha voltado grávida da última viagem. Sentiu-se mal e foi ao médico. O médico: "Precisa abortar. Já. E fazer uma operação". Abriram e fecharam. Nada a fazer, disse o médico. Lígia ficou sabendo. Percebeu o clima à sua volta e exigiu que contassem tudo. Foi para casa. Ficou de cama, porque as pernas tinham se quebrado e os ossos não se consolidavam. Só permitia visita de Maria Alice, dia sim, dia não. Era o contato com o mundo, com as coisas. E lia estranhos livros sobre a vida além da morte. Continuava rasgando os contos que escrevia, trabalhava nos esboços. Parece que desejava permanecer de algum modo. Não confiava na memória das pessoas que a queriam. Queria mais. Achava que era bobagem tudo que fizera. A esnobe que tinha sido. Refez tudo em sua cabeça. Até que um dia não quis mais receber Maria Alice.

Mandou dizer que estava com dores. Muito feia. Maria Alice ficava na sala, mandava escritos, recebia bilhetes.

"É hoje, me decidi." Zé Mário estava quase gritando comigo.

"Tem de ser hoje. Para o que der e vier. Vamos lá?" E sorria. Firme, confiante. Tranqüilo.

Como vou contar que ela morreu há dois dias?

Aqui entre nós

Para Heloísa Millet

É domingo, escrevo sentado num banco de estação de subúrbio. Fim de tarde, luzes acendem, plataforma vazia. Faz frio, o que acentua minha solidão. Tardes frias e lugares desertos me deixam inquieto. Gosto desta inquietação, vivo procurando, corro atrás. Por aí se pode avaliar um pouco o meu jeito de ser, o temperamento romântico do qual não consigo escapar. Nem quero. Gosto de ser assim, me sinto bem, vou vivendo e me curtindo. De vez em quando não me entendo. Que estou fazendo nesta plataforma da Mooca, subúrbio de São Paulo, às seis e meia de um domingo? Nestes anos todos vim para a Mooca três ou quatro vezes. Não conheço ninguém aqui, a não ser uma moça que trabalha comigo e se chama curiosamente Wildi. E estou aqui, escrevendo num bloquinho que comprei ontem. Minha neurose se chama papelaria. Vivo comprando cadernos, blocos, cadernetas, agendas, papel de carta. Até parece que sou escritor ou coisa semelhante. Escrevo, quem é que não escreve? A gente tem sempre umas besteirinhas, uma poesia. Que guarda, não mostra a ninguém, nem vai publicar nunca. Imaginem, publicar um destes papéis onde coloco tudo a meu respeito! Não. São coisas que um homem esconde. Isto é, se não tem amigo a quem desabafar, uma pessoa em quem confie. Não tenho. Você tem? Então que sorte, são poucas as pessoas numa cidade como esta que se ligam a outra, de tal modo que se tornam uma só. Pode ser amor, amizade, não interessa. O que não é legal é contar somente consigo mesmo o tempo todo. Assim do jeito que vivo. A gente termina se enfiando para dentro, fica cada vez mais difícil se abrir, se mostrar. Portanto, se relacionar.

Minha atenção foi desviada para um homem, metido num jeans folgado, desses de feira, sapato preto de plástico. Ele me observa a escrever. O que pensará? Que estou fazendo a tarefa da escola? Não pode ser. Um homem de trinta e quatro anos não está na escola. Que estou escrevendo uma carta? Fazendo um relatório sobre a estação? Deve estar morto de curiosidade. Me viro, descubro. Não está me olhando. A cabeça pendida para o lado, o homem cochila. Cansado ou, provavelmente, meio bêbado. Veio do futebol, ou do bar onde passou a tarde bebendo cerveja com os amigos. Que mais há para se fazer em São Paulo, num bairro industrial e sombrio como este?

Domingo é um dia feliz para mim. Abro os jornais e vejo tudo que produzi. Dezenas de anúncios, pequenos e grandes, promovendo vendas e aluguéis de apartamentos. A princípio só me deixavam fazer os classificados. Pensam que é fácil? Em cinco linhas, você tem de colocar o tamanho do apartamento, tudo que ele contém, além de dourar a pílula com toques sutis que deixem o interessado mais interessado ainda. Esse toque é o segredo, o que dá o estilo ao redator, faz sua marca. Prometer algo que o cliente vai encontrar, mas que é bem diferente da realidade. Confuso? Pode ser. Ando confuso nos últimos meses. Acho que já perceberam uma coisa. Estou falando, somente para me desviar daquilo que me rói e destrói. Vocês começaram a ler pensando numa história de amor e eu pretendia falar sobre isso. Mas provavelmente tudo que eu possa oferecer serão as reações que ocorrem dentro de uma pessoa, quando se apaixona por alguém. E quando esta paixão não é correspondida. Ou melhor, quando não se sabe exatamente se está sendo correspondido, se existe no outro uma brecha através da qual se possa penetrar. Cada situação é muito particular, depende do temperamento de cada um. Existem os atirados, que se declaram imediatamente. Sempre conseguem, é o que ouço dizer, o que leio, vejo em filmes e telenovelas. Mas será que filmes, telenovelas e revistas de amor traduzem a vida real? A gente está encharcado por eles, penetram em cada centímetro de nossa pele, em cada poro, a tal ponto que confundimos as coisas. O real está no outro lado, dentro da televisão, impresso no papel, refletido nas telas do cinema. Então, a partir do momento em que aceitamos aquilo como real, perdemos as noções de nossa própria identidade. Complicado, não é? Mas me diga quem é que não fica confuso, não se perde nos labirintos do pensamento, depois que se apaixonou, teve uma chance, ou julgou ter, e não foi em frente?

Ao menos, penso que tive esta chance. Em algum instante de minha relação com Márcia, aconteceu este momento frágil, ligeiro, rápido como um relâmpago, em que ela se mostrou aberta, disposta, vulnerável à minha investida. Tenho na minha cabeça que houve um segundo em que atrás daqueles olhos verdes surgiu a promessa e a esperança, em que ela me disse: "Me tome, vamos tentar". Me disse através de um lampejo, olhar rápido e furtivo. Claro, será que eu achava que era chegar e Márcia ia se atirar em meus braços, radiosa e fulgurante, feliz por ter encontrado o amor de sua vida? Nestes anos todos em que só me preocupei em vencer na vida, em ser alguém do ramo imobiliário, descobri também que o amor é uma coisa que se conquista e se constrói lentamente. E que se solidifica com o tempo, o espaço, a imaginação, a entrega. Coisa de almanaque, não parece? Desses manuais que existem por aí, ensinando a vencer na profissão, a ter mais saúde, a conquistar pessoas. Continuo enrolado, para esquecer. Falei da Mooca e sei bem por que estou na Mooca. O meu espírito nostálgico e sentimental me traz aqui, de vez em quando. Quando vejo, estou no bairro, rondando o teatro onde a conheci. O teatro está fechado, faz dois meses que a peça saiu de cartaz, Márcia voltou ao Rio de Janeiro. E me contento em olhar a fachada. Fico ali um tempão. Coisa de doido! Preciso de internamento. Sei que vocês estão pensando: ele é besta mesmo. Como pode um corretor e redator imobiliário se apaixonar por uma atriz de teatro? Como chegar a ela, se é um mundo tão diferente? Tão distante? Digo que uma coisa não tem nada com a outra. Tem gente linda que se apaixona por gente monstruosa. Anão que ama mulheres altas. Preto com branca, gordo com magra. Portanto, é besteira este argumento. Que, aliás, é meu. Não de vocês. Fui eu que fiquei pondo isto na minha cabeça. Me agüentam? Eu não! Fico me negando, me entortando e o que me salva é esta visão que tenho de mim. Será que me salva? Ou põe tudo a perder? Sei lá, vou indo em frente, assim como sou, um pouco triste e um pouco fazendo da tristeza o meu charme. Para que este charme, não sei! Uma vez que não funciona com ninguém e continuo à espera. De uma coisa tenho certeza: gosto de Márcia como jamais amei alguém. Penso que as coisas ainda podem virar, mudar.

Afinal, onde está a história de amor? Uma história de amor é aquilo que acontece entre duas pessoas, e até aqui só ouvimos um homem de trinta e quatro anos, meio pancada, que olha teatros fechados ou vai escrever em estações de subúrbio. Será que a mulher não tinha razão em se afastar dele? Ou melhor, em nem se aproximar? Tipo mais esquisito. Aposto que nem disse a ela: "Como é, estou a fim de você, que tal tentarmos?". Claro que não disse. Está há quinze minutos procurando contar alguma coisa e ainda não explicou como tudo começou.Vocês têm razão. É que eu não quero me encontrar. Ao menos, não quero me encontrar já. O difícil é dizer quando começou. Se naquela noite em que, aproveitando o mês teatral, com ingressos baratos, fui ver a peça, ou se muito antes. Quando fui ver a peça, já sabia que Márcia estava no palco. Nada mais explica eu atravessar a cidade para ir à Mooca, a um teatro, num domingo. Podia ter visto outras peças a preços populares. E escolhi justamente aquela que se chamava "Aqui Entre Nós"*. Cheguei quase em cima da hora, porque aos domingos nunca saía antes do meu ritual. Às oito da noite, me sentava, ligava a tevê e assistia à abertura do *Fantástico*. Não a nova abertura, muito cafona, mas aquela antiga, em que ela aparecia num close com seus olhos verdes. Era rapidíssimo, um segundo, e no entanto aquela sensação boa perdurava dentro de mim por uma semana, até o novo encontro, no próximo domingo, mesmo horário.

Curioso, tanto a minha relação distante como aquela em que estivemos mais próximos foram de instantes ligeiros, coisa fugaz (fugaz, isto é palavra que se use?). Quero contar mais: cada domingo, ali pelas sete e meia, eu tomava um banho, fazia a barba, colocava uma boa roupa, apanhava um copo de uísque

---

* Nota do autor: Existe realmente uma peça de Esther Góes chamada *Aqui entre nós*, de onde retirei o título do conto.

Bell's, que é do bom, e me sentava à espera. Quando ela surgia, eu, ansioso, afobado, a garganta seca, erguia o copo, saudava. Na tevê, ela recuava, misturava-se às outras bailarinas, dava um ou dois passos e rolava pelo chão. Agora, não ligo mais, a abertura mudou, meus domingos são vazios, solitários, fico pela rua. Enrolo mais ainda. Eu contava que naquela noite acabei no teatro, corri para apanhar lugar na primeira fila. Antes de a peça começar, vi um sujeito com uma câmera, reconheci. Ele tinha feito uns trabalhos para nossa imobiliária, fotografara casas e apartamentos, tínhamos andado juntos por quinze dias. Facilitei para ele o aluguel de um apartamento grande, com sala imensa, onde instalou o estúdio. Descobri que era amigo de Márcia, tinha vindo fotografá-la, era a primeira peça dela. Até então só tinha feito televisão, mas teatro era o que ela queria. Costumava dizer, o teatro é a verdade, a televisão é frustrante, em seis anos de televisão não disse uma só palavra verdadeira.

Depois do espetáculo, subimos ao palco, entramos no camarim. Eu, gelado. Boca seca. Vestida num macacão jeans, meio aberto na frente, ela enfiava um casaco de couro. Apanhou uma bolsa, tão grande que parecia mala. Quis me oferecer para ajudar e ao mesmo tempo me pareceu coisa boba. Por que ajudar, ela nem me conhecia? De vez em quando tenho estas idéias de gentileza ou o que quer que seja. Não falei nada, nem tinha o que falar, só olhava, ela e o fotógrafo conversavam, conversavam, ele mostrava as fotos, ela ria mansamente e falava de estranhas cartas que tinha recebido. As cartas mandavam xerox de páginas de livros, contando a vida dos insetos. Era isso, me pareceu, uma pessoa mansa. Se bem que um dia, quando deixou São Paulo, quando a peça terminou, de madrugada no aeroporto, ela confessou que tinha um temperamento terrível. E que a mãe sempre dizia: "Márcia, quem não te conhece que te compre!". Pensei que compraria, mesmo conhecendo, porque naqueles dias tinha sido muito bom, uma sensação de bem-estar, não me importava de redigir aqueles anúncios na sexta-feira nem ligava para os clientes chatíssimos que andavam de um prédio a outro, sem se decidir nunca. Foram dias em que, feliz, vendi muito, aluguei demais, sonhei, ria. E esperava ansiosamente, com dor de barriga (confesso, tive frio na barriga todos os dias), o momento de encontra-lá, à saída do teatro. Nunca estivemos sozinhos, os dois. Havia o grupo, mas estávamos sempre lado a lado, no restaurante, na rua, no cinema. Era um grupo engraçado, no primeiro dia em que fomos jantar, apanhei a nota, ia pagando, achando que era meu dever, mas uma delas gritou: "O que é isto aí? Ô você! O que está pensando? Divide e diz a parte de cada um". Insisti, mas me olharam de um jeito que dividi logo e achei legal este tipo de transa. Nada disso de o homem pagar. Paga todo mundo. Foi uma surpresa e me fez pensar que eu devia mudar minha cabeça, mudar muito para entrar naquele mundo. E se mudasse só teria a ganhar. Ninguém vai acreditar se eu disser que minha cabeça virou em poucos dias. Como é que pode? Se não acreditam, ou não sabem como, então se apaixonem por alguém como Márcia e depois me digam. A cabeça virou de tal modo que estou com um problema. Acho meu trabalho chato, me sinto mal escrevendo os anúncios, sabendo que estou enganando as pessoas.

Esta mulher, suave e ao mesmo tempo decidida, sofrida, vinte e três decepções – e decepções nos deixam com um gosto de fracasso; em relação a nós e também aos outros, e à própria vida –, esta mulher me abriu a cabeça. Me fez ver as coisas, e eu não a tenho mais. Ou melhor, ainda não a tenho. Vou ter? Quem sabe? Este futuro depende de mim. Dela também, é claro. Não,

não estou enganando vocês. Não prometi uma história de amor. O que estou tentando é fazer com que vejam como as coisas às vezes caminham. Posso, no máximo, contar como a gente reage em situações como essa. Onde existe um começo indefinido e algum tempo de relacionamento vago e impreciso, quando se sente uma ocasião, uma chance e se vê que um instante de audácia, ousadia, coragem, pode ajudar. Tem-se que intuir este momento exato e definir-se. Meus amigos na imobiliária usam uma expressão: entrar de sola. A expressão é dura, mas verdadeira. Há um momento em que se tem de entrar de sola e ver o que vai dar. Todo mundo espera isso. Antes, vêm as insinuações, os olhares, frases mal paradas, um riso, uma piada particular entre os dois, um roçar de braços que nos deixa felizes, um toque de dedos, o descobrir um lado comum a ambos (que alegria quando se descobre). Não entrei de sola, não é o meu feitio. Márcia não sabe até hoje que gosto dela, e que ainda espero. Houve um dia em que ficamos sós, num táxi. Todos nos esperavam no restaurante. Ela ia à casa de uma amiga, apanhar uma peruca ou coisa assim. No meio do caminho, me deu uma coisa, inventei que precisava conversar com alguém. Como se alguém marcasse clientes para as duas da manhã. Ao sair do táxi, voltei-me. Percebi que ela estava me olhando. Foi o meu instante, tenho certeza. Aquele em que ela me disse, através dos olhos, "estou aqui, me tome". Havia então, acredito, uma certa disponibilidade dela. Me parecia tudo tão claro. Até pensei, não há necessidade de dizer nada, as coisas caminham, é impossível que não tenha percebido o que acontece dentro de mim. Como se eu fosse vitrine transparente. Logo eu, fechado, introvertido, o rosto máscara impassível pela timidez, pelo medo de recusas. Bobalhão. Podem me xingar. Eu mesmo me xingo, me detesto. Viram como sou? Não é verdade que a gente tem de ser o primeiro a gostar da gente?

Sabem o que fiz naquela noite do táxi? Não vão acreditar. Era a coisa que eu mais queria, ir àquele jantar, ficar do lado dela. A temporada estava se acabando, o tempo era mínimo, mais uns dez dias. Não fui. Sei lá por quê. Morto de desejo e não fui. Quem sabe o que eu queria provar? Achava que ela iria sentir falta. Me deu um branco na cabeça, fiquei em casa. Essa noite era decisiva, não ia dar outra. O fotógrafo depois me contou que Márcia comentou: "Ele não veio, vai ver não gostou de mim". E era o contrário, não só gostava, como estava apaixonado. Não me digam que alguém não pode se apaixonar em dez dias, uma semana, vinte e quatro horas. Pode. Até num minuto. No instante em que vê a pessoa. Onde é que vamos chegar, vocês se perguntam. Pode ser que não gostem. Porque é uma história sem fim. Histórias podem terminar bem ou mal, o importante é que acabem. Não ter fim é outra coisa. Aposto que tem gente dizendo que a história nem começou.

O fotógrafo me deu fotos dela, estão espalhadas no apartamento. A gente tinha coisas em comum. Gostávamos de papel, por exemplo. Ela adorava papel de carta e caneta-tinteiro. Olha que curioso. Alguém que goste de caneta-tinteiro como eu. Neste ponto, somos iguaizinhos. Detesto esferográficas, principalmente as que fazem bolinha na ponta e, quando você vai escrever, sai aquela mancha no papel. Outra coisa, ela também não se abre muito. Tem suas razões, se tem. O fotógrafo e também outra amiga dela me contaram. Márcia foi muito machucada, inclusive estava acabando de sair de uma, andou na pior algum tempo. É justo que casos recentes deixem feridas, os pontos nos cortes ainda não tinham sido retirados, e lá estava eu. A gente precisa se resguardar um pouco, aguardar a convalescença, partir para outra só quando estiver bem restabelecido.

Agora, meus domingos – aliás, a semana inteira – permanecem vazios. Nem os jornais me trazem contentamento. Não há sequer esperança de vê-la na abertura do programa. Algum reformador decidiu mudar tudo, sem imaginar as desilusões que causaria. Passei um período em que me julguei louco. Ligava a televisão, porque a insônia me batia todas as noites. Via os filmes, não entendia. Havia cenas disparatadas que não se encaixavam em parte alguma. Estava vendo o drama bobo de um rapaz que se apaixona por uma ex-campeã de esqui paralítica e de repente entrava um homem mandando tirar vantagem de um cigarro. Ou então, num filme da Idade Média, surgia um carro com loiras sofisticadas ou um iate com mulheres de biquíni. Eu supunha que podiam ser os sonhos de um rei ou cavaleiro da Távola Redonda. Até que percebi, estava fazendo confusão, tinha perdido a noção dos limites entre programa e comerciais. Levei tempo nestes delírios. Passava horas a me lembrar da peça. Márcia num vestido dourado, cantando, imitando estrela sexy. Ou dançando, enquanto fazia o papel de uma atriz de telenovela. Acho que foi o jeito de ela dominar o corpo, de se transformar em pássaro esvoaçante, leve, ágil, pronta a subir, que me deixou meio alucinado. O corpo é uma coisa muito bonita.

Ora, o que estou dizendo? Pássaro esvoaçante, o corpo é uma coisa muito bonita. Será que não tenho nada melhor a dizer? Na semana seguinte, deixei de delirar com a televisão, mas só ouvia música na rotação errada. Disco 45, colocava em 33. Os LPs tocavam em 45. Descobri que muitas músicas melhoravam, mas a maioria era uma coisa tremenda, só pioravam o meu estado.

Uma noite, fomos comemorar o aniversário de uma das atrizes, e Márcia me disse: "Amanhã volto para o Rio, pego o primeiro avião". Levei um susto, suei frio. Agora, diz para ela, diz. Dizer? Mas, se ela não percebeu, o que adianta dizer? Vai ver, percebeu, mas não quer. Tem que dizer. Diga. Fiquei beliscando o peixe, ouvindo a conversa boba de uma bailarina que falava de Nova York e John Travolta e não sei o que mais. Tremia de excitação. Derrotado, porque sabia que não ia dizer, nem essa noite que se acabava nem em nenhuma outra. Ia ser difícil nos encontrarmos de novo, pela minha vida e por tudo que ela é, o seu trabalho.

Penso, às vezes, se não imaginei tudo, inventei. Será que não criei este amor em minha cabeça? Márcia jamais esteve em São Paulo, nunca ficamos juntos, não nos olhamos, nem peguei em sua mão certa noite, sentindo-a tensa e rígida, retraída. Levei-a ao aeroporto numa segunda-feira, chegamos muito cedo, os primeiros aviões estavam lotados, ela teve que esperar. Passeamos pelo saguão, e foi verdade. Um amigo me viu, depois me disse: "Com quem você estava ontem no aeroporto?". Esse amigo é testemunha de que não minto, minha cabeça não está louca. Aqui comigo tenho uma certeza. Não é que a história não tenha fim. Ainda não começou realmente. O que se passou foi introdução, se me entendem. Trailer. Ou comercial de algo bom que está por vir. Depende de mim. O trem está chegando, vou-me embora desta Mooca. Estes papéis, coloco num envelope, mando para ela. O trem está cheio, gente que volta do domingo, crianças dormindo nos colos, moças de olhar cansado, cabelos escorridos, sabendo que amanhã cedo vão enfrentar a fábrica. Amanhã, segunda, semana começando. Tudo sempre recomeça.

A sexta hora

Para Anna Candida

Danusa moveu-se no ritmo do letkiss. Ela se agitou inteira com a música. Ficava no canto da pista e nunca dava as costas para o mar. Os rapazes procuravam dançar, de modo a poder observá-la de frente. Danusa tinha a calça justa nas coxas e larga embaixo. A blusa op. Ciro sentia os olhares, como se estivessem à espreita. Os quadriculados da blusa, irregulares, preto-e-branco, confundiam a vista. O sorriso, os olhos, os cabelos de Danusa. Iluminados. Ciro sempre tinha visto sua mulher dentro desta luminosidade. Duas horas. Faltava uma para terminar. Ela se ia às três. Todas as noites, das nove às três, a dançar. Twist, surfin, letkiss, monk, cha-cha-cha, o que tocasse. Agora, era moda uma dança do Texas, mistura de quadrilha, cotillon e hillbilly. Ela sabia.

Quinta hora

A música parou. Ela veio em direção à mesa. Gotas de suor na testa. A quentura do dia se prolongava para dentro da noite. Danusa com a pele dourada pelo sol. Gostava de chegar em Ilhabela, já queimada. Os cabelos dela brilhavam, batidos pelo holofo-te de uma lancha. Trocaram a fita, um cantor de voz aguda entrou com "What's New Pussycat?" e todo mundo correu para a pista, balançando os braços para cima. Ciro foi para o terracinho que dava para o mar. A noite clara tinha cheiro. Sal, areia, maresia, calor, mato verde, terra molhada. E as meninas perfumadas; o chei-ro de colônia vinha no ar. No terracinho, casais se beijavam e con-versavam, sentados em esteiras de palha, pernas soltas no espaço.

Véspera de Natal

– Estou aqui! – disse ela, ao sair do elevador. Para visitar os parentes. A família está reunida para o Natal. – E você?

– Faz três dias que cheguei, vou planejar uma campanha publicitária. Uma rede de lojas resolveu se modernizar.

Saíram do hotel. O chão era morno, as paredes devolviam o mormaço acumulado de dia. As ruas em Bauru estavam decoradas com Papai-Noel, anjos, triângulos coloridos e arcos. Danusa num vestido branco. Pararam em frente ao bar, a Capristor, de mesas na rua. Lotadas. Os sorvetes derretiam nas taças, copos suados de cer-veja lançavam sensação de frescor. "A gente volta mais tarde." Ciro estendeu as mãos. Os dedos se cruzaram e eles atravessaram no meio do povo que olhava vitrinas e entrava em lojas de brinque-dos. Foram até o fim da rua, chegaram à estação, voltaram pela outra calçada. Ciro observava Danusa, o sorriso leve. "Ela também está contente." Já havia lugares na Capristor, pediram cerveja gela-da. "Eu estava certo, no primeiro dia" pensou Ciro. "Gosto do seu jeito, do sorriso medroso, do olhar assustado. Foi há duas sema-nas e gosto dela. Danusa existe; eu tinha receio que não."

Danusa e a luz

Quando chegou à agência, duas semanas atrás, elas estavam na portaria. Altas, morenas, óculos escuros, enormes, quase a tapar os rostos. "Somos Danusa e Camila. Queremos falar com Ciro." Danusa, a mais nova, num vestido leve, rosa. A pele fresca, como se o sol e o calor de dezembro fossem incapazes de tocá-la. O porteiro apontou Ciro. Danusa sorriu: "Sou cunhada do Renato, da agência de autos. Ele me pediu para buscar os *layouts*. É isso, não? Disse certo?".

A voz era cantada e o sorriso amplo ligeiramente assustado. De repente, Ciro viu-se feliz. "Não posso tocá-la que desaparece. Eu é que a inventei." Danusa tirou os óculos, o olho era preto, enorme, de uma corça. Nasceu naquele instante. "Tenho certeza disso", pensou Ciro. "A voz dela foi ao fundo, penetrou em minha pele. Estou me recusando, agora, mas não vai ser possível. Ela sabe, também. Ela que igualmente se recusa. Aconteceu subitamente e a gente ainda não está preparado, um para o outro. É preciso um longo tempo para isso."

Véspera de Natal

A Capristor quase vazia. Rapazes solitários em volta dos copos de chope. A cidade começava a mergulhar no silêncio espesso que vinha do campo. "Você está quieto. Não diz nada há horas."

– Não tenho o que dizer. Contigo, ficar quieto, não faz mal. Não é daqueles silêncios constrangedores que atingem a gente.

– Também gosto de ficar ao seu lado, mesmo sem dizer nada.

"Nos gostamos", ela refletiu, "e quando se gosta pode-se ficar falando besteirinhas, é engraçado."

– Você não me disse ainda a conclusão de sua mãe.

– Que conclusão?

– Não sei. Você me falou de uma conclusão de sua mãe.

– Bobagem.

– Diz. É idéia dela, não sua.

– Pelos bilhetes, pelo que Renato e minha irmã contam, mamãe acha que você não gosta de mim: que sou uma espécie de símbolo. Você está acostumado com mulheres fáceis. E eu não sou. Sabe como fomos criadas, não? Tudo rígido, fechado. Mamãe acha que sou um muro, um desafio para você. Mas não é amor.

– Sua mãe não pensou que eu possa ter encontrado o que vinha procurando?

"Saiu solene a frase", pensou Ciro, "mas já disse! Se não tomo cuidado, nossa conversa vira filosofia de bar."

– Não sei o que ela pensou. Gosto de você, pronto!

– Não tem medo?

– Do quê? Do que Renato e minha irmã me contaram? Da tua fama? Teu cartaz com as manequins?

– Cartaz? Elas saem comigo porque dependem de mim para posarem.

"Saem por uma noite ou duas. Não espero nada delas. Nem elas de mim. Estou sozinho. Eu me acostumei que acontecessem em minha vida. Me acomodei à felicidade. Elas aparecem e desaparecem, reduzidas à poeira dentro do mesmo círculo que as produz e leva. Às vezes, chego a pensar se realmente existem ou se constituem sonhos, pesadelos, miragens e vontades minhas concretizadas em formas ambiciosas e glaciais de manequins, garotas-propaganda, modelos de publicidade, putas, vedetinhas, cantoras e estrelinhas de cinema, todas comunicando o nada. Respondendo ao que dou, o nada."

Primeira hora

Atravessaram São Sebastião, chegaram ao porto, pararam na fila para a balsa. Danusa desceu do carro, se encostou à amurada que dava para o mar. Ciro contemplou-a, batida pela última claridade. "Não, não me enganei naquele primeiro dia. Talvez a culpa seja minha. Ou de nenhum dos dois. Eu estava errado, procurando paz de espírito junto às outras, para gastar com Danusa. Mas onde começou?" Dois rapazes saíram de um Mercedes esporte. Chegaram à amurada olhando para ela. Danusa observou Ciro, sorriu vagamente. "Agora, o medo dela, nesse sorriso, é maior. Eu devia e não consegui tirar o ar assustado de seus olhos. Danusa está acuada. Se eu pudesse esquecer ou entender por que ela fez tudo. Ou por que faz." Os rapazes se aproximaram, ela foi para o outro lado. Eles prosseguiram. Ciro abriu a porta.

– O que há?

O garoto de calça Lee e camisa italiana tinham o ar agressivo.

– Não há nada, respondeu. Por quê?

– Entra no carro – disse Ciro a Danusa.

– Está muito quente lá dentro. Aqui está bom. Sente? Percebe? Ar puro e mar? Você não gosta de cheiros?

– Entra, estou te dizendo.

– A moça não quer entrar, velhinho!

– Não falei com você.

– Ela não quer entrar. Se não quer, não vai.

"Quem dá o primeiro ganha briga", pensou Ciro. "Sempre ouvi dizer isso." Atirou-se sobre o outro, desferiu o murro. O de calça Lee se desviou, abriu os braços, fechou os dedos, as palmas da mão ficaram distendidas. "Não devia ter feito isso! Não devia mesmo! Agora sou obrigado!" Desferiu um golpe. "Este não mata! É para te tontear." Ciro caiu. Não via nada. Não sabia onde tinha sido atingido. Danusa se abaixou. Ajudou-o a se levantar. Entraram no carro. Ele ficou sem saber onde estava.

– Agora, briga por mim. Devia ter brigado antes. Muito antes. Gostei. Não de que apanhasse. Mas de que tivesse enfrentado. Quem sabe a gente pode tentar recomeçar. Eu juro, juro que passei muito tempo pensando em que ponto te decepcionei. Em que altura você começou a cair para mim.

Ele tentou falar e não conseguiu. A voz não saía. A nuvem dentro dos olhos. A fila de carros andou, buzinaram atrás. Danusa mandou-o mudar de lugar. Saiu, deu a volta por fora, tomou a direção. A balsa começou a travessia. Uma balsa amarela e cheirava a óleo cru. Ele sentiu enjôo.

Véspera de Natal

Deixaram a Capristor quando os garçons empilhavam cadeiras e recolhiam mesas. Desceram, sem encontrar ninguém. Em frente à estação havia um jardim. "Confortável seu ombro. Posso ficar?" Um relógio bateu quatro vezes. Danusa tirou os sapatos. Ela queria fumar, não tinha cigarros com filtro. Ciro pediu um ao empregado que servia café. Cigarro forte. Danusa deu duas tragadas. Na rua, jogou fora. Atravessaram os quarteirões vazios. Numa esquina, ela disse: "Vem cá. Quero te beijar debaixo daquela placa". Placa redonda, anúncio de loja, em cima da indicação de rua.

Segunda hora

A balsa encostou. O sol tinha desaparecido. O cais de atracação era poeirento, batido pela luz fraca de um poste. "Passei a viver numa penumbra constante, antes não era assim", ele disse baixinho. Danusa tirou os óculos. "Debaixo da placa, aquela madrugada, vi seus olhos sorrindo. Como nunca mais."

– O começo. O começo foi no Mirante, não foi? Você nunca vai se esquecer do Mirante.

– Era o começo e também o meio. Eu devia ter te jogado nas corredeiras. Eu queria espatifar o carro, virar poeira. Eu tenho tudo na minha cabeça, Danusa. Tudo.

Ela diminuiu a velocidade em frente ao Hotel Caiçaras, quase sem perceber. Estrada ruim, o asfalto cheio de buracos, os habitantes da ilha não queriam consertar, não gostavam de turistas. "Assim é que Danusa gosta da ilha. Selvagem, rebelada contra o progresso de mentira. Uma casa do outro lado da montanha, quase inacessível, é o que ela queria." O hotel para trás, ela virou a cabeça. "Foi aqui, uma noite. Como aquela em Bauru." A estrada fez uma curva, o prédio desapareceu.

– E se a gente tentasse arranjar um apartamento ali?

Nas corredeiras do Mirante

Danusa viu o bonde amarelo, entrou para a esquerda, sobre a ponte. Embaixo, o rio Piracicaba era uma lâmina marrom. O carro estacionou entre dois riscos brancos no chão. O sol batia, ela colocou os óculos escuros. Quando a mão de Ciro tocou seu braço, Danusa se retraiu. Debaixo das árvores estava fresco, o rio começava a descer e correr rápido, ali, diante das escadas. Batia nas pedras, a água girava, espumava e o ronco era como o de aviões dentro de uma tempestade. Atravessaram pelo pátio estreito. Ciro puxou a cadeira, ela hesitou, sentou-se na outra, de frente para as corredeiras. Estava quente. Espetos saltavam de pedestais cromados. A plataforma de cimento projetava-se no ar, sobre as águas escuras e barrentas. Pleno fevereiro, época das chuvas. A espuma era amarelo sujo. O rio corria em curva e pedras pretas soltavam as pontas para fora. Ciro percebia pontos negros se destacando do fundo pardacento das águas e sumindo. Surgiam e desapareciam.

— Daqui pra onde vamos?

— Voltamos para São Paulo.

— Finalmente?

— Você não foi obrigada a me acompanhar. Também quis fazer essa viagem.

— Pelo interior? Pela poeira? Nesses hoteizinhos pulguentos? Pensei que ia ser uma grande viagem.

— Sabia como ia ser e quis fazer.

— Quis. Naquela altura achei que podia dar certo e a gente se ligar. Você não quer que dê certo.

— Puxa, como quero!

Passou um moreno, de cabelo comprido e crespo atrás, uma lata na mão. Ela o seguiu com os olhos, abaixando ligeiramente os óculos. O homem desapareceu nas escadas e caminhos de cimento.

— Se quisesse, era diferente, disse ela.

— Você sabe. Finge que não. Mas sabe o quanto gosto de você.

— Gosto. Sempre assim: gosto. Parece que não sabe a outra palavra. A mais forte. Amo.

– É a mesma coisa.

– Não é. Quero ouvir essa palavra. Estou sufocada.

– Você é igual às outras.

– Isso mesmo. Sou igual, igualzinha às outras. E não quero ser diferente.

– E, no entanto, é! Puxa, como é!

Nas corredeiras os pontos negros surgiam e desapareciam.

– Destra vez deixo a agência. De uma vez...

– Logo agora que te aumentaram? Deu a louca? Estava contente e satisfeito.

– Olha, estou até aqui de dirigir anúncios de sabonetes, adubos, pudins e modess. Não tem cristo que agüente.

Ele enxergava os pescadores nas margens, sobre as pedras. Por cima das corredeiras, poeira branca se dissolvia no ar. "Danusa é como a água."

– E que vai fazer? – perguntou ela.

– Não sei.

"E se tivesse que dirigir o anúncio de um pintado? O que ia escrever? Como seria o anúncio do peixe? Talvez um grande cartaz azul. Significando a água. E um peixe desenhado. *Coma peixe*. A cidade inteira, o país, inundado de cartazes." Os pontos negros continuavam a surgir e desaparecer. Danusa comia suavemente. Devagar e quase com delicadeza cortava pedaços pequenos do peixe e mastigava com cuidado. "Tudo que ela faz tem em volta ternura."

– Você deixa mesmo o emprego?

– Deixo. Demorei pra resolver. Agora estou pronto.

– E eu?

– Não sei. Uma mulher constrói um homem ou destrói. E de qualquer jeito fico com você. Me sinto mais seguro.

137

Os caminhos de cimento estavam úmidos. A poeira de água subia pelo meio das folhas. O cheiro forte de inseticida entrava pelo nariz e deixava na boca um gosto ardido. "Não é na boca, é tudo dentro de mim. E ela? O que ela sente?" Um passeio se abria em cima do rio e o pescador estava imóvel na beirada. Lançara a linha que descia reta dentro da água. O pescador girou o corpo, sorriu. Era o moreno de cabelo crespo. Ele apanhou a lata e começou a enrolar a linha. Danusa viu suas mãos e as calosidades. "Aqui dá mandi", ele disse, "é bom de manhã e de tarde. Ali pelas quatro horas. Começa a refrescar e os peixes se encostam."

O ronco das corredeiras era enorme. O girar da água atordoava. Ela se apoiou no pescador. Ciro se aproximou. Os olhos de Danusa estavam fechados e os lábios se abriam de leve num sorriso. Os dedos dela correram na pele amulatada do homem. Ela aspirava como se quisesse sentir o cheiro dele. A mão grande e pesada do pescador apertou seus ombros. Ela abriu os olhos e viu que a lata caíra no chão e a linha estava toda desenrolada. Os pontos negros surgiram na água e, batidos pelo sol, Ciro viu que eram peixes saltando.

– Você fica?

– Fico? – perguntou ela.

– Você é quem sabe.

– Não sei.

– Fica. Quer ficar.

– Pode ser que não.

– O que posso fazer?

Ela se inclinara junto ao pescador e tinham os corpos colados. Ciro suava. Os rostos deles se encontraram. Ele subiu os degraus, Danusa gritou: "Olha". Tinha erguido a cabeça e seus olhos eram úmidos. Ela começou a estender a mão, depois recuou. O braço do pescador prendia o seu "O quê?", indagou Ciro. E ela: "Nada. Não tem mais importância. Acho que não tem". Ciro olhou para baixo. Formigas tinham picotado uma enorme folha e a conduziam, em fila, para o formigueiro. "Por mais que juntem todos os pedaços, a folha continuará dilacerada."

Terceira hora

A piscina iluminada, ela mergulhou. Tinha um corpo bem-feito. "Bonita. Todo mundo via nela somente a menina bonita. Nós já nos gostávamos aquela noite, na casa de sua irmã, quando ficamos sozinhos, ela num vestido de verão, estampado, vermelho. Eu tinha medo, estava acostumado demais a estar sempre sozinho, tinha chegado aos vinte e nove anos sem ter ninguém. E ela vivia de pé atrás por ser bonita e acreditar que ninguém via nela mais do que isso: o rosto, o jeito de o corpo parar, como um manequim. Desconfiava de mim, minha palavra. As brigas, o que dissemos, o que guardamos. "Tudo isso não é nada, porque nos gostamos. Mas amor não pode ser tal angústia; não pode ser essa ansiedade que não se desgruda da gente. Esse não se entender mais, sem saber por quê." Danusa gostava de nadar à noite. Ali, no Pindá. Ciro pediu estrogonofe. O ar era pesado e no dia seguinte ia fazer muito calor. "Você derruba tudo, Ciro. Achei uma palavra para você. Iconoclasta. Até comigo foi assim." O verão estava em meio, iam ficar dez dias em Ilhabela. Cada ano, dez dias. Sempre no Pindá. Danusa não queria ir. "Quero dançar. Sempre gostei de dançar. Você sabe disso." "Sei, você me arrastou todas as noites ao 'Djalma', ao 'Le Club', a uma via-sacra de boates. Gostei algum tempo. Depois queria me acalmar. Ser apenas eu e você. E não pudemos, nunca! Eu tinha que pensar, cada noite, num programa diferente para te agradar. Era isso que você esperava."

– Não era! Não era nada!

– Anh?

– Você pensou alto. Eu também fazia para te agradar, até que também não pude mais parar. Aí você colocou as coisas na cabeça. E me feriu até não poder mais. Depois passei a corresponder ao que você pensava e esperava de mim. E aconteceu o mirante.

– O mirante. Começou lá?

– O mirante? Não, já estava tudo despedaçado.

Quarta hora

Como na última temporada. Às nove, chegaram à boate sobre as rochas. Quase um barco grande, todo iluminado. O garçom trouxe o coco aberto e o uísque no copo.

– Posso dançar?

– Pode.

– Para depois me odiar?

– Ou te amar mais.

– Como posso saber? É tudo tão ambíguo.

– E daí? O que posso fazer?

– Tomar uma decisão, Ciro. Uma só. Arriscar tudo nela.

– O culpado sou eu que não tomo decisões?

– Não vamos achar agora quem é e não é culpado.

– Foi tudo errado. Você queria um sujeito rico, diferente, que te desse tudo. Segurança, futuro, casa, sei-lá-o-quê. E não era eu. Sem dinheiro. Fraco. Não foi isso que você disse? Fraco? Tudo que suportei e ainda sou fraco. Engraçado.

– Continua sem entender, nada, nada! Fraqueza em relação a você. É isso. Verdade. Quando é que fez as coisas que queria fazer? Detesta o emprego e continua nele. Aquela tarde, no mirante, eu te amei, Ciro, quando você disse: vou deixar a agência. Aquela agência não era para você. Ela te esmagava. Até hoje não sei bem que outras coisas você pretendeu na vida, por trás desse mutismo, desse rosto fechado. De mim, o que você sabia? Nada. Eu devia ser a imagem idealizada em sua cabeça. Eu não era eu. Danusa: mulher real, palpável, sólida. Quando não encontrou em mim o que fantasiara, se desiludiu. Quando minha imagem não correspondeu ao pensamento, eu caí. Para terminar de me destruir, você formou outra: a da egoísta, da carreirista, da mulher que via no casamento um negócio. E agora? Ninguém tem força para desfazer as coisas criadas. O que eu queria não era nada daquilo. Nem o dinheiro, nem o carro, nem o enorme apartamento que você alugou e onde a gente se perdia. O que eu queria era viver com você e passar as mesmas coisas.

– Era?

– E não era? Será que nunca percebeu? No fundo, um dos dias mais felizes foi quando dormimos na cozinha do Caiçaras. Lembra-se? Não tinha lugar, mas você conhecia o gerente. Dormi no divã, você em cima do fogão. Que planos eu fiz, contente, achando que ia ser a vida inteira, porque eu gostava das coisas que você gostava.

– Feliz? E quando faltasse o primeiro dinheiro ia mudar tudo. A história é velha.

– Pode ser que eu fosse ingênua. Mas acreditava que nosso amor ia se solidificar através das coisas difíceis que passássemos.

– Ao menos, foi um pensamento bonito. Tivesse me dito antes e teria feito um anúncio para o Dia dos Namorados.

A sexta hora

Abriu os olhos. A água do mar chegava perto do seu rosto e voltava. Sentiu uma dor junto à boca. Passou a mão. Deitara-se em cima de uma pedrinha. Os lábios estavam cheios de areia. Olhou o mar e viu Danusa saindo da água. Era dia e um raio de sol, muito fraco, batia Danusa pelas costas. Doía-lhe a cabeça. Não se lembrava de ter saído da boate. Ela veio em sua direção. "Eu não a desejei tão intensamente quanto necessário. Nem lutei. Nem fiz dela o motivo maior. Devia ter sido assim, porém me perdi, abandonei. Tive medo." Danusa chegou. Em cada ponto de sua pele havia um pingo de água.

— Você dormia e eu te olhei. Como na cozinha do Caiçaras, aquela noite. E não é a mesma coisa, Ciro. Não é mais! Continuar, é continuar uma grande mentira!

— Se você não acredita mais, então é mentira. Vamos tentar recomeçar.

— Não! Chega! Eu vi cada tentativa sua. Começou com a placa que roubamos em Bauru. Debaixo dela nos beijamos a primeira vez. Você a colocou em frente à cama. E depois as idas a Bauru, na véspera do Natal. Os pedidos para que eu colocasse o vestido vermelho, estampado. As cartas que relia e deixava sobre a mesa. A obsessão em voltar ao Caiçaras. Os óculos escuros que usava quando fui à agência, aquela tarde. É só uma questão de coragem. De tomar uma decisão.

— Sou fraco, você mesma disse.

— Fiquei ali, boiando, enquanto o dia nascia. Olhei seu rosto. Você meio bêbado. Quando saí da água, você, você acordava. Então pensei: acabou mesmo! Pronto! Basta reconhecermos.

— Você reconhece?

– Hum, hum...

– E não custa nem um pouquinho?

– Não...

– Então acabou. Só que eu não reconheço!

Danusa pensou: "Se eu ficar um segundo mais, acabo ficando de uma vez e não termina nunca esta ida e vinda". Ela se afastou e começou a desabotoar o biquíni. Ciro viu as costas queimadas, a pele lisa, os cabelos pretos. "A perda. É isso. Agora é preciso me preparar para a fossa total e para uma nova busca. Será preciso repetir a vida inteira. Amor. Uma não esperança continuada, persistente, a fluir e refluir. A tensão e o temor da perda e a fixação, dependência e obsessão para com o amado."

O homem

Não segure a porta

ESTE TREM NÃO PODE PARTIR
COM AS PORTAS ABERTAS

As portas se fecharam com um zuuum e o ruído seco da trava automática. O trem verde deslizou pela plataforma da Estação Júlio Prestes e se apertou no trilho que dá saída à Sorocabana até o pátio da Barra Funda. As casas quintais armazéns depósitos fundos de fábricas e galpões mostrando tijolos vermelhos e úmidos cercas de tela formam um canal estreito. Do outro lado um *subúrbio* prateado da Santos–Jundiaí e se emparelha e se adianta. Os rapazes de camisa banlon listada e bisnagas de plástico no bolso traseiro das calças se dependuram nos tirantes.

– Fiquei na São João. Num tinha nada. Gente e mais gente e polícia.

– Tinha um cordão de índios. Viu?

– Não! Pra que lado?

– Na frente do Art-Palácio.

– Num desci ali. Fiquei na Júlio Mesquita olhando umas mulatas.

– Pegou?

– Não. Elas queriam ir no Aristocrata e eu num tinha pras entradas.

– Subi pra Lapa. No largo do mercado tinha um desfile legal de escola de samba. Melhor que na avenida.

– Amanhã é meu dia. Guardo a grana pra me acabar na terça-feira. Amanhã gasto tomo porre pulo. Mesmo sozinho.

A menina entrou em Osasco. Tinha uma máscara vermelha na mão e o cabelo dourado de purpurina. Eles se viraram. Ficaram olhando a garota que se apoiava no balaústre. O que não tinha visto índios se encostou.

– Como é?

– O que é?

– Vai pular hoje?

– Ah! Sai daí!

Ela virou o rosto.

– Como é? Vai pular? – insistiu ele.

– Só se for com a tua mãe.

– A velha tá morta pedindo missa!

– Sai daí, vai.

– Que bronca é essa? É carnaval.

– Sai daí que meu namorado vai entrar em Jandira.

– Olha pro teu namorado.

Fechou a mão esquerda e bateu com a palma direita aberta sobre ela.

– Faz isso prêle? Faz?

O outro puxou.

– Deixa a mina, ela num quer nada.

– Velhinho, onda eu manjo!

– Tá legal. Num tenho nada com isso.

Ele se voltou para a menina que disse:

– Não me enche.

> Não segure a porta –
>
> Este trem não pode partir com as portas abertas.

Em Barueri homens conversavam debaixo de uma árvore úmida. No balcão de ferro de uma pensão, na praça, meninos soltavam serpentinas. A casa tinha três balcões e escadas de ferro ligando os andares do fundo.

– Olha ali meu namorado. Quero ver agora.

– Ué. Não ia entrar em Jandira?

– Ia. Mas entrou aqui.

O namorado chegou perto, sorrindo. Era taludo, vestido com um macacão sujo de sangue. Usava botas de borracha que iam até o joelho, manchados de gordura e sebo. No bolso do peito: "Frigorífico Jandira", em letras vermelhas bordadas. O rapaz que não tinha visto índios sorriu e ia saltar. A porta se fechou, ele tentou meter o pé a fim de segurá-la. Não conseguiu. O trem corria no meio de um campo verde com remansos de água. As janelas se encheram de pequenas explosões de água quando deu uma pancada de chuva.

– Você aí negão! Mexeu com a moça?

O taludo tinha a cara amarrada.

– Eu? Nem vi a moça.

– Ela é mentirosa então?

149

– Num sei. Num é comigo.

– Mexeu ou não mexeu?

– Bom. Só perguntei.

– Pois não devia. Ela não disse que tinha dono?

– Disse.

– Então?

Ele viu a estação e calculou que daria tempo.

– Então vá tomar no rabo!

O taludo meteu a mão no bolso, tirou o canivete. Apertou a mola e a lâmina compareceu. O trem se aproximava da plataforma. O canivete penetrou na barriga do que não tinha visto índios. Ele fixou o rosto do taludo e se apoiou na porta. O trem parou, porta abriu. Ele caiu para trás. Levantou-se, não havia ainda sangue em sua roupa. Observou o vagão, o amigo que correra para o fundo viu o taludo descendo. Abaixou a cabeça e olhou o buraco na barriga, ainda sem dor. Desceu três degraus de escada, correu, atravessou os trilhos e entrou num lamaçal vermelho. Seguido. À sua frente, um trem de carga. O taludo o alcançou. Ele se virou e sentiu que o canivete cutucava sua barriga novamente. O sangue escorrendo e começou a borbulhar à medida que o canivete entrava e saía, ritmado, nas mãos calmas do namorado da moça. O rapaz continuava olhando para a própria barriga e a mão que ia e vinha. Apertava a bisnaga e o jato fino de água apanhava o sujeito do canivete no rosto. Depois a água parou. Ergueu a cabeça e viu sumir o rosto do outro, o trem, a estação. Caiu de costas, o barro era úmido e mole, ele ficou olhando o céu e sentiu pingos de chuva no rosto, viu que o sol estava saindo.

A lata e a luta

A mulher bate insistentemente na porta do banheiro. *Como é? Vai ficar a manhã inteira aí?* Ele não responde. Ela quer me irritar, é uma tática. Mas estou me acostumando. Dentro do banheiro, cubículo de dois por dois, ele deixa a luz apagada. Presta atenção aos ruídos. Tenta adivinhar de onde vêm as vozes. Passado algum tempo, acha que ouve a água circulando dentro dos canos. Duas horas depois, sai do banheiro e mesmo a luz fraca, 40 velas, do corredor o atordoa. A luz precisa ficar acesa, permanentemente. O prédio, baixo e antigo, está encravado entre edifícios e nenhum sol penetra diretamente pelas janelas. Os moradores apanham reflexos dos raios nas paredes dos espigões. *Você anda doente?* pergunta a mulher, preocupada com o aspecto pálido do marido. Não, não tenho nada. *Demorou tanto aí dentro. Aliás, você anda demorando demais no banheiro, alguma coisa está acontecendo. São os intestinos?* Nada, nada. Podia contar a ela? Não. Quanto menos falar, mais saberá se conter. Vai para o quarto, faltam quinze para as dez, dentro de uma hora e quinze deve entrar no serviço. Fecha-se no quarto, a mulher na cozinha, preparando o almoço. Caminha de um lado para o outro, no espaço exíguo entre a cama e a cômoda, contando os passos. Nos quatrocentos e quinze, ela bate a porta. *Que mania. Mania mesmo. Está passando da conta. Já não chega morar num apartamento pequeno desses e ainda tem que ficar fechando portas?* Ele sorri, compreensivo. Portas fechadas, sim, mas ao menos estou aqui. Foi para a mesa do almoço, feijão, arroz, bife e salada de tomates. Muita fome, vontade de não comer. Tentava comer cada vez menos, para se desabituar do bom tempero da mulher. Muitas vezes, à tarde, desce ao bar da esquina, espelunca porca, e pede uma daquelas salsichas que boiavam enegrecidas num caldo duvidoso de tomate e cebola. No outro dia, come um ovo empanado, velho, desses que ficam três, quatro dias nos aquecedores, esquenta–esfria. Agora, anda guardando pão velho num saco. Estava escondido no armário de roupas, numa parte onde ela nunca mexia. À noite, não janta, alega indisposição. Levanta-se tarde, apanha uma côdea das mais mofadas e rói, pacientemente. Distrai-se com o barulhinho dos dentes no pão seco.

Só tem medo que ela encontre a lata. Então, será necessário esclarecer tudo. Mesmo com explicações, ela terá nojo e será uma situação embaraçosa. Teria toda a razão, a lata é uma coisa repulsiva, só mesmo alguém forte consegue suportá-la. Nem ele que criou tudo, que a inventou, suporta. Mas está contente, foi a sua idéia mais feliz.

Passa pela farmácia, compra dois vidros de sais minerais, vitamina C efervescente, pastilhas de cálcio cetiva. Para dar resistência ao corpo, ao menos nos primeiros tempos. Não se sabe quanto tempo, mas, se estiver fortalecido, evitará gripes, resfriados, até pneumonias. Os colegas de escritório riem dele, quando vêem o copo com a pastilha efervescente sobre a mesa. *Você está hipocondríaco.* Mal sabem que não é hipocondria, apenas tática. Um sistema que ele decidiu estabelecer, por pura necessidade.

Volta a pé para casa. Elimina gradualmente os confortos. Anda sem se distrair com as coisas à sua volta. Olha para a frente, prestando atenção apenas em sinais de trânsito e tráfego. É uma forma de ir se desprendendo do mundo exterior.

A mulher nunca está em casa às sete da noite, volta às oito e quinze. Dá aulas de corte e costura, um extra para ajudar o orçamento familiar. Ele deixa as luzes apagadas, regula o despertador, deita-se de cuecas no granito da cozinha. Incomoda muito, principalmente em junho e julho, com as noites frias. Quando o despertador toca, ergue-se entorpecido. Deixa de sentir por momentos um braço, uma perna, a nuca dói. Sente no entanto que sua resistência cresce, o frio o perturba cada vez menos.

Certa noite, a mulher estava na casa da mãe que tivera um ataque cardíaco, ele comprou dois sacos de gelo no posto da esquina e espalhou as pedras pelo chão. Depois enxugou e deitou-se. Nessa noite, teve febre e tossiu. Ficou com medo, desanimado. Porque tinha freqüentes crises de desânimo, de pessimismo. Não ia conseguir, nunca. Apavorado, redobrava os esforços. Pensava na lata. Ela precisava ser enfrentada com serenidade. Somente estaria pronto quando pudesse passar por ela sem ânsia.

O jantar, invariável há vinte e três anos, é uma sopa. Diferente cada dia, mas sopa. De batata com carne, de ervilha, de fubá, de mandioquinha, de milho. Não tomam apenas por estar acostumados. Gostam. Comem por prazer. Sempre que pode, ou tem tempo, ela tenta inventar uma nova sopa, misturando coisas que aparentemente não dão certo. Os filhos riam, quando vinham passar uns dias em casa (um estudava agronomia, fora; o outro servia o exército; o mais velho estava casado). Diziam: *Com tanta sopa pronta, a senhora ainda passa horas nesse fogão. Compra um pacotinho, joga na panela, deixa ferver.*

Agora, no entanto, ele evita, como pode, o jantar. O difícil é enganar a mulher.

A casa às escuras, a mulher dorme. Ele se levanta, vai ao quarto do lado. Tinha sido durante anos o quarto das crianças. Foi transformado numa sala de costura, escritório, despejo. Abre a escrivaninha, retira o estojo. Começa a suar no instante em que apanha a caixa marrom, envernizada. Vai para a sala, acende a luz do abajur, coloca a cadeira perto da tomada. Retira o aparelhinho da caixa. Coisa simples, feita por ele mesmo. Um plugue, um fio, um interruptor no meio do fio. Os terminais são descascados. Sua muito, sente o próprio cheiro. Enrola os terminais nos dedos indicadores, liga o plugue à tomada. Sentado, dá um toque rápido no interruptor. Coisa de segundos. A corrente vem, viva, e faz com que ele salte na cadeira. Um segundo sem fim, atemorizante. Seu medo também é de que uma noite dessas a mulher se levante para tomar água, ou ir ao banheiro, e o encontre ali, sentado, com os fios ligados. Ia ser difícil explicar. Percebe que ao seu medo se acrescentam outros medos. Sim, não há apenas um. O de falhar no emprego e ser demitido, ele, um homem de quarenta e cinco anos, sem nenhuma especialidade necessária, mero contador formado por escola antiga. O de não corresponder ao que esperam da gente. O de não ser a gente mesmo. O de não fazer nada da vida, deixá-la escorrer, simplesmente. Existem ainda as ameaças, vindas de todos os lados. É necessário ao homem conhecer os seus medos, os reais e os imaginários, para enfrentá-los. Estar preparado para as coisas, não se deixar apanhar desprevenido.

No décimo choque, parou. Ele aumenta a duração de cada um. Faz meses e agora tem certeza de que jamais se habituará. Talvez fosse preciso anos. Como certas pessoas da Índia que se inoculam veneno de cobra e podem ser picadas que não morrem. Quem é que garante que ele tinha tanto tempo assim pela frente? Anos. E se acontecesse amanhã? Podia suceder a qualquer momento, estava acontecendo. Um cerco cada vez mais apertado.

Guarda o aparelho, coloca a cadeira no lugar, apaga o abajur e fica na sala, sentado no sofá. Longo tempo. Treme, bate os dentes. Empapado de suor. Melado. Quer um banho, mas resiste. Ficar muito tempo sem banho, habituar o corpo à sujeira, ao acúmulo constante de suor, secreções, poeira. Tornar o nariz insensível ao próprio cheiro azedo. Suportar um cheiro pior que o da lata. Não, não era humano. Mas quantos passavam por isso e sobreviviam? Por que não ele, ainda mais com o treino? E se tirasse férias exclusivamente para isso? Deixar a barba e o cabelo crescer, não tomar banho, escovar dentes. No entanto, se tirasse férias, a mulher iria junto. Ela adorava as cidades termais, os pequenos hotéis, os grupos de gente que se reuniam para o buraco, o baile, o bingo, os passeios de charrete, as fotografias à beira de monumentos.

Vai se deitar. Os músculos tremem, ele se arrepia todo. Fita o teto, contando as tiras de luz que coam pela veneziana. Um método para distrair a cabeça. Tinha pensado em memorizar livros. Decorar alguns para depois ficar relembrando detalhes, estudando estilo, estrutura. Era uma idéia para ser colocada no caderno. E se apanhasse o caderno, como explicar? Havia tantas idéias anotadas ali que era necessário, já, sistematizar melhor a coisa, organizar-se. Quem sabe por isso é que não sentia muito os progressos? Disciplina, a base de tudo é a disciplina. Suas relações com a mulher, por exemplo. Ainda não chegara à conclusão se devia trepá-la muito, várias vezes cada dia e cada noite, ou se devia começar a se afastar, a fim de disciplinar esta necessidade orgânica. Agora, mesmo, à medida que o tremor – e o medo – vai passando, sente vontade de virar-se para o lado, abraçá-la. O corpo dela é quente, estão muito juntos, a cama é estreita. Quente e torneado, um belo corpo para esta mulher de 43 anos, três filhos. De repente, ele sente martelinhos na testa. Como se estivessem batendo muito rapidamente. Senta-se na cama. No que se ergue perde o equilíbrio, como se estivesse caindo. E vomita.

Veio um sono incrível, na mesma hora. Ele volta a se deitar, com uma sensação de perda. Antes de fechar os olhos, olha para o vômito, ao lado da cama. Devia aproveitá-lo. Ou, ao menos, limpá-lo. Fica na vontade. Acordou com a mulher sacudindo, nervosa a sacudi-lo, nervosa. *Você passou mal. O que foi? Ou bebeu ontem?* Não havia censura na voz, somente preocupação. Ele levantou-se bem disposto, disse que não era nada. *Mas você sempre diz que não é nada. E vem comendo pouco, quase não janta mais. Anda comendo alguma coisa na rua.* E eu já fui de ficar em bares comendo e bebendo? *Não, não é isso. Mas quem nunca foi, pode ir um dia. Por que você há de ser diferente dos outros? Até que eu ia achar engraçado se você chegasse caindo de bêbado um dia. Você é muito comportado, meu querido. Bom pai, bom marido, ótimo empregado. Merece fazer uma besteira qualquer hora.*

Vou à feira, ela comunicou. Bateu a porta, ele ouve o elevador chegar, descer. Teria uma hora inteira dele. A feira é demorada, ela examina todas as bancas primeiro, seleciona por qualidade e preço. Vivem dentro de um esquema apertadíssimo; aliás, todo mundo vive, ninguém agüenta mais. Vai ao quarto de despejo, retira uma pilha velha de jornais (para vender a quilo), de revistas, puxa uns panos velhos e apanha a lata. Dessas latas que vêm cheias de biscoitos e bolachas. A tampa envolvida em plástico, rodeada com fita crepe, fita isolante. Leva a lata ao banheiro.

Hoje não tem vontade de fazer treinamentos físicos, está um pouco fraco. Suportaria a lata no estado em que se encontrava? Senta-se na privada, a cabeça entre as mãos. Por um instante perguntou-se se tinha sentido o que estava fazendo. O melhor era não pensar. Chegara a isso depois de refletir muito, ver tudo que acontecia à sua volta, ler os jornais. Os colegas riam dele: *Você lê demais, fica de cuca fundida. Pior, você lê e acredita em tudo isso, a situação não é tão ruim assim.* Não adiantava conversar com eles. Muito menos com os amigos. Pareciam não entender. Melhor. Capacitou-se que era um homem só, e era bom estar só, porque se acontecesse estaria inteiramente sem ninguém ao seu lado.

Nada de dúvidas, nada de desânimos, pensou, sem se convencer disso. Mesmo assim, começa a retirar as fitas que isolavam a tampa. Depois o plástico. Abre. O cheiro que sobe da lata vira o seu estômago. Tenta dominar-se, não é possível. Vomita todo o café, no mesmo instante. Vomita dentro da lata e alegra-se por não ter perdido, desta vez. Agora, o banheiro inteiro está infestado por aquele cheiro podre, inominável. Cheiro de vômitos, de fezes e urina que vem daquele estojo escatológico que ele concebeu. Não para se penitenciar, para se torturar. Não como autoflagelação, mortificação, que não era eremita em busca de purificação. Ele sabe, ou pensa que sabe, ou ainda imagina, que na cela de uma prisão, nunca lavada, jamais limpa, o cheiro deve ser semelhante. O fedor que deve subir do buraco usado como privada provavelmente será igual ao que sobe da lata, espesso, cortante, nauseabundo, porco. Jamais chegaria a suportá-lo impunemente. Ou chegaria? Aonde pode o homem chegar? O que ele pode suportar, a fim de não se entregar, permanecer? Entendeu, então, que a sua revolta contra o cheiro faz dele ainda uma pessoa. Não aceitar aquilo torna-o gente. Calmo, volta a lacrar a lata, com cuidado, para que a mulher não perceba nenhum cheiro, nem de leve. Calmo, entende que está quase pronto. Se o prenderem, se a qualquer momento for levado, porque nenhum homem hoje em dia está livre disso, saberá como agir, ou reagir, para não ser destruído.

Cabeças de segunda-feira

Para Luluza

Sem nenhum grito de horror, apenas com muito nojo, a faxineira encontrou o doutor Joaquim curvado sobre a mesa. Morto.

O senhor Lemos foi achado à porta do escritório, encolhido como se tivesse sentido muito frio à noite.

Diva estava apoiada ao PBX da recepção. E Morais, descoberto às onze horas, quando todo o edifício fervia, estava de calças arriadas, sentado na privada. O zelador constatou duas coisas, antes de chamar a polícia. Era crime. Segundo, executado pela mesma pessoa. Os quatro cadáveres estavam decapitados. Conclusões de zelador.

Quatro pessoas decapitadas numa segunda-feira atraíram seis viaturas da polícia, investigadores, reportagem policial e não policial, curiosos. Impossível transitar. O prédio foi fechado. Ninguém saía, ninguém entrava. Os escritórios que não tinham nada a ver com os crimes reclamaram. Estavam sendo prejudicados. Ninguém se importou. O zelador foi interrogado. Colocaram numa sala os funcionários do prédio. Os faxineiros, ascensoristas, eletricistas, homens da casa de máquinas, o síndico, o subsíndico. Um investigador experiente notou que as decapitações tinham sido violentas. Como se houvesse decapitação não violenta, disse um repórter policial.

Fala, conversa, interroga. Quem eram os mortos? Pessoas ligadas a eles? Um radialista esgoelava que era crime político. O doutor Joaquim, angolano exilado, ex-dono de um grande banco, chegou ao Brasil com enorme fortuna, ao fugir da África. Em dois anos tinha multiplicado o dinheiro, era acionista de seguradoras, financiadoras, mantinha um jornal para a colônia exilada, recebia comendas cada seis meses. É só procurar entre os portugueses que apóiam o regime atual português, gritava o radialista. Então, vai procurar você, disse o policial, com inesperada paciência. Pode ser até que tenha razão. Mas como ligar o doutor Joaquim a Diva, secretária de uma assessoria de relações públicas, bonita, ex-miss Telefônica, vinte e cinco anos, feliz (segundo as amigas) depois de comemorar o noivado na quinta-feira anterior ao crime? E não havia nenhuma indicação de ligações extras, com o chefe, por exemplo, ou qualquer outro. "Bem", comentou um jornalista cético e experimentado, "os irrepreensíveis também morrem."

E mais, pontificava o policial. Havia o Morais e o Lemos. Não se conheciam, não se relacionavam. Podiam se encontrar casualmente no elevador ou no hall. Mas, segundo o zelador, não consta que Lemos tenha subido ao oitavo onde Morais administrava uma firma de transportes. E nem Morais jamais teria descido ao quinto, onde Lemos representava azulejos, cerâmicas, pisos de luxo.

"Podemos supor", disse o repórter do mais importante jornal de São Paulo, matutino conservador cioso de sua posição de terceiro da América Latina: "Lemos representava azulejos e adjacentes. Morais foi encontrado morto dentro de um banheiro. Ora, banheiro leva azulejos. Não haveria aqui uma pista inconscientemente fornecida pelo assassino?". Pode haver, mas é sutil demais para minha cabeça, respondeu pacientemente o policial inesperado. "Muito científica, muito freudiana", acrescentou para espanto geral. "Minhas deduções são chãs, mais realistas. Daqui a pouco chego nesse filho-da-puta sanguinário."

Já tem alguma pista?

Não, nenhuma.

O criminoso vai voltar ao lugar do crime?

O criminoso continua no lugar do crime.

Como sabe?

Não sei.

Abriram gavetas. Olharam prateleiras, cantos das salas, armários, embaixo dos tapetes. Fotografaram de todos os ângulos. "Nunca vi a utilização dessas fotos, não sei para que servem, a não ser dar emprego para dois ou três e gastar material", disse o mal-humorado repórter do matutino conservador. Fizeram croquis, posição do corpo, tomaram notas, conversaram entre eles. O depoimento do zelador e dos funcionários do prédio não esclareceu. Ninguém tinha visto os quatro subirem. Cada um dos seis ascensoristas julgava que o dr. Joaquim, Diva, Morais e Lemos tivessem chegado no carro do outro. Geralmente prestavam atenção em quem chegava, mas não havia um modo de determinar hábitos. Às vezes, um ascensorista não via o Lemos dois ou três dias, porque não coincidia de ele tomar o seu carro. O difícil é a pessoa que trabalha num andar tomar o carro em outro. As pessoas usam o térreo e o seu piso, nada mais. Um prédio, para seus usuários, se limita às fronteiras onde os homens trabalham, raramente são ultrapassadas. Quando são, nota-se.

Então o zelador fez uma pergunta:

– Onde estão as cabeças dos decapitados?

Espanto geral. O investigador que parecia o líder chamou o subordinado:

– As cabeças?

– Estamos procurando.

– Como identificaram os corpos?

– Todo mundo conhecia. A roupa do dr. Joaquim, o físico magro. A mesa de Diva. A carteira de identidade do Lemos. O lenço sempre no bolso do paletó que o Morais usava.

– Precisamos encontrar as cabeças.

Continuaram a revista. Por todo o prédio. Nas escadas, bocas de lixo, incineradores, cestos de papel, cofres fortes.

– O crime é misterioso – confessou um PM cansado.

– Como vocês agem em crimes misteriosos? – perguntou o repórter novamente.

– Deixamos como está. O acaso resolve. Um dia destes a gente pega um cara por aí e ele dá o serviço.

– É o único jeito?

– Claro. Não temos gente, não temos verbas, não temos laboratório. Existem duzentos mil ladrões na cidade. Mais de quarenta mil mandados de prisão que não podem ser cumpridos. Vendem-se armas todos os dias. De cada dez desempregados, sete terminam assaltando. Até a polícia entra no jogo, porque com esse salário não dá. A gente vai esquentar a cabeça com quatro malandros mortos aí? Era gente de grana, e entraram numa fria. Vai ver, foram assaltados, reagiram, empacotaram. Isso aí é coisa de mixo, pé de chinelo.

– É... Mas as cabeças, onde estão?

162

– Vou te contar, meu chapa. Vai ver, levaram. Pra fazer sopa. Com a carne pelo preço que anda.

O investigador líder chamou o zelador e funcionários. Queria dar um repasse.

– Um de vocês matou essa gente toda. Não sei por quê. Se soubesse saberia quem foi.

Olhou todos, um por um. E todos olharam para ele, impassíveis e esfomeados. Não tinham nem mesmo deixado que comessem as marmitas trazidas de casa.

– Sei que foi um de vocês.

– Isso é uma acusação? – indagou o zelador indignado.

– É – disse o investigador.

– Só para saber. Vai ver foi um de nós. Vamos descobrir e demitir o assassino.

– Estão dispensados. Quem não vier trabalhar amanhã estará automaticamente preso. Se for encontrado, claro.

O ascensorista do carro três, o primeiro à direita de quem entra, desce a rua da Consolação, rádio de pilha ao ouvido. Ouve Francisco Petrônio cantando valsas e pensa que no domingo pode ser que não vá ao culto, tudo depende de eles descobrirem. Num bar, ele toma caracu com ovo, come duas salsichas com molho de cebola, vê que o dinheiro ainda dá para uma asa de frango, soterrada numa cobertura de gordura marrom.

– Quer entrar no bolo, companheiro? Um nordestino estende uns pedaços de papel.

– Bolo de quê?

– Do jogo de hoje. Palmeiras contra o Santa Cruz.

– Não torço pra nenhum dos dois.

– Vai ver é corintiano?

– Não. Em futebol, só gosto do tricolor da Penha. Não torço para time grande. Não quero bolo, coisa nenhuma, vou para casa dormir, ainda tenho três conduções pela frente.

Bate com força sobre a asa de frango, mosquitos verdes se levantam, giram. Voltam, ele bate de novo, fica acompanhando o vôo, na prontidão.

– Se você resolver matar todos os mosquitos, não vai fazer outra coisa a vida inteira. Olha só – diz o garçom que serve café.

Dentro da estufa onde há bolinhos de bacalhau, ovos empanados, lingüiça frita, peixe à dorê, coxinhas, empadas, camarão acinzentado, salsichas no molho de tomate, ovo cozido, um enxame de moscas, verdes e pretas.

– Se mosquito fizesse mal, não tinha sapo vivo. E estão todos vivos e gordos.

O ascensorista fecha a cara, não está para papos. Preocupado. A polícia procura as cabeças. Por causa da polícia teve que ficar duas horas além do expediente e não vai ganhar extra. Quando chegar em casa, a mulher está dormindo, os filhos também. A briga será amanhã de manhã, ela não vai acreditar que houve um crime no prédio, que não deu para pedir o vale (e, se desse, talvez não conseguisse, já retirou quase todo o salário e mais da metade do décimo terceiro). Nem o plano de roubar caderno no supermercado deu certo. O menino precisa do caderno, a professora disse que não dá mais para assistir aula assim, escrevendo em papel de pão, pedaços de saquinho de armazém, o que ele pensa? Na hora do almoço, ele rondou pelo supermercado, chegou a apanhar os cadernos. Não tinha como enfiar debaixo da camisa, hora do almoço todo mundo dos escritórios vai para lá, fica comprando bolachinhas, iogurtes, chocolates, besteirinhas para enganar a fome durante o dia. Preferiu trocar o caderno por uma barra enorme de chocolate, estava com fome. Depois descobriu que era chocolate amargo. Não sabia se velho, se com defeito. Pensou que quem levou na maciota uma barra de chocolate bem podia ter levado um caderno também. Ficou com dor de cabeça. Acho que o meu fígado está apodrecendo, preciso tomar jurubeba.

Cochila no ônibus, a cabeça pende, ele cruza os braços fortemente, defendendo os bolsos. Já foi roubado enquanto dormia. Agora, só sai com os documentos e o dinheiro da condução. Faz três anos trabalha como ascensorista e cada vez que se deita tem a sensação de que está subindo, descendo, subindo. Se contar ao zelador do zumbido no ouvido, zumbido que não pára nunca, tem medo de ser mandado embora. Ficou uma vez quatro meses sem emprego, sabe o que é. O zunido até que não incomodava, o pior de tudo era o dr. Joaquim, sempre duro, seco como uma vara. Nunca cumprimentava. Nem mesmo dizia o andar. Nos primeiros dias, o chofer do dr. Joaquim, um italiano convencido, determinava.

– Oitavo.

Um dia, o dr. Joaquim entrou sozinho, não disse nada, ficou no fundo do elevador, bem às costas dele. O ascensorista sempre detestou gente às suas costas, sentiu-se incomodado. Talvez reflexo do bairro onde mora. As pessoas na rua, principalmente quando chegam nas conduções da noite, andam meio de lado, olhando para quem vem atrás. O ascensorista examinou o dr. Joaquim.

– Que andar?

– Já era tempo de ter aprendido, moleque burro. Oitavo.

Moleque? Ele, um homem de trinta anos, pai de quatro filhos? Burro? Burro. Não, não era burro, talvez o dr. Joaquim pensasse, mas ele não era burro. Sabia que era o oitavo. Perguntara por perguntar. Custava ao dr. Joaquim cumprimentar?

Dizer bom-dia, oitavo por favor? Ou simplesmente bom-dia. Tinha gente no prédio que até agradecia quando o elevador chegava. Porque sabia que ele é que conduzia o elevador para cima e para baixo com sua segurança. Então, naquele dia que estava no automático e o carro encrencara, não deu pânico nas moças? Foi preciso chamar a manutenção da fábrica de elevadores, porque ninguém dentro do carro sabia manobrá-lo, mesmo com o zelador dando instruções por telefone. Por que burro? Qual era a do dr. Joaquim? Desde aquele dia, nunca mais perguntara nada. Também, quando o dr. Joaquim entrava e se instalava atrás dele no canto, o ascensorista se virava e olhava fixamente para o homem seco e imperturbável que, por sua vez, parecia contemplar, indiferente, o teto.

De pé. Todos os dias de pé. Antigamente havia um banquinho de madeira. Mas o síndico, a pedido dos condôminos, mandara retirar. Não ficava bem com a estética do elevador, todo em aço escovado. O que é estética? Não responderam, retiraram o banco. Em pé, ocupando espaço mínimo. Atropelado se o elevador estava cheio. Apertado. Comprimido nas horas de *rush* mal tinha espaço para erguer os braços e apertar os botões dos andares.

Conhecia todo mundo do prédio. Sabia que o sr. Silva desceria às 9h15 no décimo. Que o bem-vestido Domingues iria ao sétimo. Valmir ao último. A perfumada Diva, secretária do catorze, ficava perto dele, muito perto, mesmo que o carro estivesse vazio. Ali, quase encostada. E fedendo. Fedendo esses perfumes de miss. Não é por isso que todo mundo corria atrás dela? Gente de outros andares toda hora estava no elevador.

— Catorze.

— Catorze.

— Catorze.

Iam ver Diva. Aquela mulher fedia muito, mulher não foi feita para usar essas coisas. O cheiro tem que ser natural, nada de colocar essas coisas debaixo dos braços, lavar cabelo com melecas coloridas, grudentas. Sabão de pedra, sabão de coco, no máximo, são coisas permitidas pela lei natural. Não é o que o reverendo Matias diz todos os domingos? Nas manhãs de domingo o ascensorista também subia. Mas alto, muito alto, não nas proximidades de Deus, quem era para tanto? Chegava quase ao lugar que estaria destinado aos justos. Conhecia bem este lugar, ficava de olhos fechados, enquanto o reverendo Matias gritava coisas sobre o Paraíso, anjos, a recompensa, paz, conformismo, amor ao próximo. Não saberia repetir uma única frase inteira do reverendo, só sentia dentro do seu coração que um dia estaria na paz, com toda a família, os amigos.

— Catorze. Catorze. Catorze. Catorze.

Não podia ouvir o número do andar. Pediu para mudar de carro. Queria servir na ala do 18 ao 32. O zelador não ligou, disse "é impossível" e pronto, encerrou a conversa. Continuou servindo o dr. Joaquim. A Diva fedia cada vez mais. Um dia, teve acesso, o estômago virou, quase vomitou. Segurou tudo na boca, o carro estava cheio, se soltasse seria despedido. Ficou com aquela comida querendo explodir. Quando o último saiu, levou o carro ao dezenove, um andar vazio, soltou tudo e vomitou muito mais ao pensar que aquilo tinha ficado em sua boca. Por causa do fedor daquela mulher.

— Sete.

— Nove.

— Quinze.

— Dois.

— Quatro.

Uns faziam brincadeirinhas. "Chegou em São Paulo?" "Me deixe no aeroporto." "Garagem." (todos sabiam que o seu carro não servia garagem) "Este é o elevador que caiu ontem?" "Outro dia despregou o fundo." "Não, outro dia subiu como foguete, estourou o telhado, foi pra Lua." O Lemos, do quinto, fazia uma brincadeira que ele odiava. Se não tinha ninguém no carro, Lemos apertava todos os botões, sorridente. Não dizia nada, apertava os botões e sorria. "Como é, tudo legal, meu chapa? Tudo joinha?" Chapa. Joinha. Só sabia dizer isso. Chapa. Chapa. O Lemos não sabia seu nome. Duvidava que alguém soubesse. Nunca, em três anos, alguém do prédio o chamara pelo nome. Ali, não tinha nome. Vai ver, até pensassem que não tinha sido batizado. Porque jamais alguém perguntara: "Como o senhor se chama?". Por que alguém não indagava como ele estava passando?

O Morais, aquele senhor gordo do oitavo, não costumava entrar e apertar um imaginário botão às suas costas, rindo, rindo, depois? Como se ele não estivesse ali, fosse uma peça do elevador. Como podiam? Sua pele era amorenada, meio oleosa, diferente daquele aço cinza. Não dava para confundir. Pele é macia, aço é duro, brilha, não sente. Reclamou do Morais ao zelador. "O que você quer que eu faça? Chamar a atenção do doutor Morais? É possível? Não se incomode com essas coisinhas, não. Ele é muito brincalhão."

Um domingo, estava sem o uniforme, encontrou o Lemos na rua. Ficou à frente dele, e o Lemos palitando o dente e consultando os palpites de cavalos. Rodeou o Lemos, não é possível que ele não me reconheça só porque estou sem uniforme. E o Lemos passou a mastigar o palito, cuspindo pequenos pedaços de madeira, um deles sobre o paletó azul ensebado do ascensorista. E este apertou o missal fortemente contra o rosto e olhou para uma vitrine, vendo sua figura refletida. Eu existo e Deus me vê. Deus me vê e não me importo com o resto. Não posso me importar. Na esquina, encostou-se ao coletor de lixo. Será que Deus me vê? Não sei, não.

Na segunda-feira, Lemos entrou e nem brincou com ele (tinha perdido nos cavalos, não queria conversa). Ninguém brincou com ele. Ninguém falou. Ninguém brinca com o ascensorista às segundas-feiras. As caras estavam amarradas, fechadas. Para que tinha servido o sábado e o domingo? Não eram como ele, cada domingo mais próximo do lugar dos justos. Não. Todos voltavam infelizes, amargurados, menos Diva que fedia, fedia insuportavelmente. A sua tortura diária era a subida e a descida desta moça.

– Catorze.

– Treze.

– Doze.

– Dez.

Abria, fechava, abria, fechava, subia, descia, subia. "O cigarro, não, por favor." Olhavam feio para ele. "Mais para o fundo. Ainda cabe gente." Olhavam irritados para ele. Alguém sabe o meu nome aí?

Foi fácil com o doutor Joaquim. O homem era muito fraco. Um empurrão violento contra a parede do elevador. "O que...?" O ascensorista tinha arrancado o fone da caixa, bateu na cabeça do angolano, ele desmaiou. De repente, o elevador subiu, a porta do catorze se abriu e Diva, que estava à espera, deu grito. O ascensorista agarrou-a, deu com o telefone em sua cabeça, ela desviou, pegou na boca, ela gritou. Sábado. No sábado ninguém ouve gritos. Outro golpe do telefone, ela caiu. Quieta. Foi arrastada para dentro do elevador. Vou levá-los ao lugar dos justos. Vocês não entrarão imediatamente. Terão que purgar, no umbral.

Depois sim, quando todo esse fedor do teu corpo, mulher, sumir, você entrará. E, quando o doutor Joaquim aprender humildade, também entrará. O carro subiu e desceu. Onde estava o Lemos? E o Morais? Ele tinha subido com os dois. Bateu na porta da transportadora, Morais atendeu. E caiu, sob os golpes. Como é fácil derrubar, caem sem barulho, como bolo fofo. Arrastou-o. Demorou meia hora para Lemos aparecer.

– Quer apertar todos os botões?

Lemos olhou, não disse nada. Um ar de desprezo, o jornal dobrado debaixo do braço, na página de cavalos. O ascensorista abriu a porta do elevador, Lemos olhou os corpos. Virou, recebeu, caiu. Então, ali mesmo no quinto andar, o ascensorista manobrou um pouco o carro de porta aberta. Ele subiu quarenta centímetros e parou, era o máximo. Ficou uma abertura para o poço. Os corpos foram arrastados para fora do carro, deitados no piso. Com as cabeças pra dentro do poço. Depois, o ascensorista manobrou outra vez o carro e as cabeças foram arrancadas maciçamente, caíram lá no fundo. Ele ouviu o barulho surdo, como sacos de lixo jogados pelo tubo. Aí começou a levar os corpos, cada um para seu lugar. Diva no PBX. Como sangrava. Precisou usar a toalha do banheiro do Lemos. O Morais enfiou na privada, o nojento, sem calças. O doutor Joaquim foi largado na mesa, o Lemos na porta do escritório e toca a lavar, limpar, limpar.

Ainda no fundo do poço. Quando começarem a feder, vão descobrir. Até descobrir, o ascensorista do carro 3 vai subir e descer, apertar botões. Encolhido em seu canto, sem que lhe digam por favor, bom-dia, obrigado. Peça de aço, escovado, brilhando.

A mente

Os dois presidentes

1 – O PRESIDENTE DA CHINA

Saiu da mesa, entrou no banheiro. O ritual dos dentes era inviolável. Acabava de comer, passava o fio dental, dava uma escovada com pasta suave e escova de cerdas macias. Vinha uma segunda com pasta medicinal e escova de cerdas duras. A última escovada, cuidadosa, era no sentido vertical, depois movendo a escova em círculos, com pasta aromática. Necessitava sentir a boca limpa, fresca. No escritório (era um contabilista) mantinha um arsenal dentifrício num pequeno banheiro que possuía filtro ionizador e aparelhinhos americanos que limpavam entre os dentes com jatinhos de água. Ao deixar o banheiro, um homem pequeno, de olhos puxados, se aproximou e fez ligeira mesura.

– Tudo está pronto para a cerimônia, presidente.

Presidente? Seria um funcionário novo a puxar o saco? E que cerimônia era essa? Alguém estava se aposentando e iam fazer uma festinha? Talvez fosse surpresa. Mas, se havia uma cerimônia a presidir, o melhor era saber do que se tratava.

– Pois não. Quem é você?

– Sou o chefe do cerimonial.

Na firma? Desde quando? Será que estavam instalando mordomias sem consultá-lo?

— Que cerimônia é essa?

— De posse.

— Posse de quem?

— Sua, Excelência.

O homem respondia de olhos baixos, o ar de maior respeito.

— A minha? Em que cargo?

— Na presidência.

— Presidente? Presidente do quê?

— Da China, Excelência.

Presidente da China? Seria a nova pasta aromatizante? Bem que disseram que tinha muitos produtos químicos, podia fazer mal. Teria desmaiado no banheiro e estava delirando? Era necessário acordar, chamar o médico, antes que morresse sem socorro.

— Vamos, Excelência. Todos esperam com impaciência.

— Dá para esperar um pouco? Tenho que me preparar.

— Nem um segundo. Vamos.

Ele queria ganhar tempo, pensar sobre a situação, adaptar-se. Não gostava de coisas repentinas, tudo devia ser planejado, calculado, organizado. Só assim um homem é bem-sucedido. Mas o chefe de cerimonial mostrava modos que não admitiam contestação. Olhava duro, friamente. Como um chinês, pensou o contabilista.

— E quem escolheu o presidente?

— O Grupo Reduzido do Colégio Eleitoral. Ele é o responsável pelo processo sucessório no país.

— Bem, mas por que eu? Que não sou chinês?

— O Grupo Reduzido tem suas razões e não deve explicações a ninguém. Somos obrigados a aceitar resoluções.

– Ouviu o que eu disse? Não sou chinês.

– Acabará sendo, Excelência. Fique tranqüilo. Se nós não nos preocupamos, por que o senhor há de?

– Dez minutos só. Vou avisar minha família. Vão ficar preocupados.

– Excelência. Nosso país está sem presidente há vinte e quatro horas. Se o povo souber disso, poderá ocorrer uma calamidade. E o senhor pensando em telefonar para a família! Que condicionamento mais burguês. Venha, não podemos mais resistir sem presidente.

Se temos de ir, vamos. Mas não deixa de ser estranho. Daqui a pouco devo despertar. Penso mesmo que estou dentro da ambulância, a caminho do pronto-socorro. Vão me medicar, volto a mim, pronto, tudo se acaba. Se estou lúcido assim, raciocinando calmamente, como posso estar desmaiando?

E foi com um ar cheio de dúvida que seguiu o chefe do cerimonial. Não estava reconhecendo o escritório. Painéis vermelhos e dourados, cheios de caracteres esquisitos, enchiam as paredes. Havia luminárias de papel branco, como aquelas que se viam pelo bairro da Liberdade. Será que fui almoçar num restaurante chinês e a comida me fez mal? Tinha uma amiga que desmaiava cada vez que ia aos chineses e tomava aquele aperitivo vermelho típico. O chefe do cerimonial abriu a porta.

Penetrou no salão cheio de gente. Os murmúrios cessaram, à medida que ele caminhou, atômico, entre homens vestidos com calças de algodão cru, sem vinco, e camisas sem gola, um só botão. Alguns tinham rabicho. São chineses mesmo, o contabilista constatou. Todos se curvaram em mesuras. O chefe do cerimonial levou-o à mesa redonda ao centro. Pediu que assinasse o livro. Volume de páginas amarelas, repleto de caracteres curiosos.

O contabilista assinou, certo de que os chineses cometiam um terrível engano. O melhor não seria terem eleito um chinês realmente? Pensando, não percebeu que alguém tinha iniciado um discurso. Não entendia uma só palavra. Como poderia governar aquele povo? Nem sequer falava a língua dele. De repente, sentiu uma raiva muito grande daquela gente. Irresponsáveis. Como aceitar por presidente um homem que não fala a língua? Que sentido de nacionalidade eles têm? Onde o amor à pátria? E sempre ouvira dizer que os chineses eram apegados às tradições milenares, gente conservadora.

– Agora, vão cumprimentá-lo. Em posição de sentido, Excelência. E não sorria.

Entendia perfeitamente o que o chefe do cerimonial dizia. Será que o homem era poliglota, por força do cargo? Os chineses desfilaram à sua frente, com sorrisos enigmáticos. Quer dizer, ele pensava que eram enigmáticos, sempre ouvira dizer que os chineses sorriam assim. Não, não podia governar. De jeito nenhum. Tinha uns povos de que não gostava. Pura ojeriza. Japonês, alemão, português do Minho, francês, americano. Nunca tinha pensado em chineses, só os conhecia de pastelarias. E de passar em frente. Não entrava. Não era de comer pastel, empada, quibe, esfiha, coxinhas, toda essa porcariada que estraga a saúde. Era homem meticuloso, gostava de seus hábitos, não admitia sair da linha, dos horários, sistemas. Talvez por isso, imaginou, os chineses o tivessem escolhido. É um povo marcado pela minúcia, precisão, paciência, exatidão. Ou será que os suíços é que têm estas qualidades. Paciência? Então, por que o chefe do cerimonial tinha dito que todos os esperavam com impaciência? Havia algo que não batia.

– Quer descansar um pouco antes de despachar?

– Preciso despachar hoje? Esses cumprimentos me deixaram exausto.

– Os despachos estão na casa de emergência já. As coisas se acumulam velozmente. Este país é grande, a população imensa.

– Quantos habitantes?

– Novecentos milhões.

O contabilista de dentes perfeitos adorava números. Aliás, vivia deles. Quando ouviu dizer novecentos milhões, sentiu alívio. Com tanta gente, todo mundo se torna um número abstrato. Fica portanto fácil de mexer com números. Começou a pensar, lá no fundo, que talvez conseguisse governar bem o país. Foi para seus aposentos, sentindo uma ponta de orgulho por ser o presidente. Pode ser até que, quando os outros contabilistas soubessem, ficassem honrados e o elegessem presidente da associação estadual de contabilistas. Ou chegasse a presidir a associação nacional. Deitou-se, cansado dos dez mil apertos de mão. Dez mil. Tinha contado, um a um. Era seu vício. E esses homens formavam apenas o conselho consultivo. Havia ainda o deliberativo, os parlamentares, os ministros, os secretários e subsecretários. Um milhão de assessores no total para ele orientar, presidindo os novecentos milhões. Sentiu-se poderoso, por instantes. Gostou da sensação. No entanto, uma coisa continuava a inquietá-lo. Por que ele, se havia novecentos milhões de chineses?

Os dias seguintes foram agitados, apesar de os chineses se moverem vagarosamente, conversarem tranqüilamente e mostrarem uma paciência infinita. No momento em que perceberem que não sou chinês, vão me correr daqui. Pena, começo a gostar do cargo, acho que não me entregaria facilmente. Quiseram, vão ter que me suportar. Vez ou outra preocupava-se com o escritório de contabilidade. Abandonar vinte e sete anos de trabalho honrado, um nome respeitado, uma tradição no bairro, para aceitar um posto duvidoso e inseguro como o de presidente de um país do qual não sabia nada, nem a história ou a língua. Sua mulher diria, certamente: ser presidente da China é uma coisa ridícula para um homem como você.

Precisava aprender a língua. Arranjar um professor. Todos pareciam lhe dar apoio, se bem que era difícil saber o que ia pela cabeça daquele povo, com seus olhinhos apertados, sorrisos gentis e falando enrolado. Seriam gentis mesmo ou estavam planejando sua deposição? Não podia deixá-los perceber que desconhecia a constituição. Nem que era incapaz de comer com os pauzinhos, por isso se fechava nos aposentos, comia com as mãos mesmo. Como um porco, diria a mulher, se o visse. Meu Deus! E se em casa me dão como morto? Vão fazer inventário, dividem minha parte com meus filhos e os sócios; merda o que tenho de abandonar por este governo. Apesar de que, no final das contas, podia tirar algum proveito. Sempre ouvira falar nos tesouros fabulosos dos mandarins. E ainda que o depusessem e cassassem seus direitos (existe cassação na China?), ganharia certamente uma ótima pensão em dólares. Qual é mesmo a moeda chinesa? Ou quem sabe conseguisse fazer qualquer negócio vantajoso com uma multinacional, ganhando imensa comissão ao permitir sua instalação no país. Afinal, ali na China as pessoas o respeitavam. Mais do que isso, temiam. Agradável mastigar isso: ser temido. Dar ordens. Lembrou-se de que não dera nenhuma. Não baixara qualquer decreto. Precisava pensar em alguns. Umas leis para justificar a presidência. Hoje mesmo decretaria a primeira, obrigando todos a usar meias.

Um mês depois, ao acordar, chamou o chefe do cerimonial. Sentia-se incomodado. Era a falta do ritual de escovação de dentes. Necessitava do seu aparelhamento, jamais poderia governar sem a limpeza dental, após cada refeição. O chefe do cerimonial garantiu que tudo seria acertado, esperava-se a liberação de guias especiais para importação de material supérfluo. Difícil entrar alguma coisa no país, porque a ordem era economizar divisas. É evidente que, tratando-se do presidente, haveriam de encontrar uma fórmula. O contabilista maravilhava-se a cada dia com aquele auxiliar. Deveria dar um aumento a este homem tão dedicado? "Aumento? O senhor conhece nosso regime. Temos os tetos salariais. Já ganho pelo máximo. Não preciso de aumento, o que vou fazer com mais dinheiro? Ajuntar?" O presidente ficou surpreso. Eles não têm ambições, não poupam. Que regime será este? Ficou sem jeito de perguntar, mostrar ignorância.

Viu que tinha perdido a noção do tempo. Não sabia se era quinta-feira, sábado ou domingo. Trabalhava sem parar, assinando pápeis que fingia ler. Traziam, ele assinava. Comia, bebia, dormia e assinava. A sua lei das meias estava sendo cumprida em todo o país. Pensou em outra: as casas devem ter janelas nas paredes. O chefe do cerimonial notou que isto poderia provocar descontentamento. Problema do povo, disse o presidente. Vocês me trouxeram para governar, estou governando. Se gostam ou não, pouco me importa. O seu povo...

— Meu povo? Nosso povo, presidente!

— Nosso? Não. Eu não sou chinês!

— Como não é?

— Não sou. Sou brasileiro, nasci em São Paulo. Perto do bairro da Liberdade, que é onde se localizam certas raças orientais. Mas sou brasileiro.

— Claro que é chinês, presidente.

Ele se retirou, indignado pelo fato de seu presidente recusar que era chinês. Humilhação para novecentos milhões de habitantes. O contabilista se aproximou do espelho. Notou que seus olhos estavam puxados, a boca era mais fina, o rosto mais redondo. Estremeceu. Não, não quero me transformar num chinês. Vou renunciar, hoje. Agora. O presidente do conselho de ministros recebeu a carta-renúncia. Devolveu. Não comentou. Nas reuniões dos comitês, as pessoas não falavam com ele. Deliberavam, deliberavam e lhe davam os papéis para assinar. O contabilista olhou a carta. Viu que tinha escrito em português. Então, a ordem era que todos falem e escrevam em português. Porque, ele raciocinou, se não consigo me adaptar, conhecer o que é, o que faz, o que move esse povo, então, que esse povo se adapte a mim, me siga, se molde conforme sou e determino. No dia seguinte, promulgou a lei. Vieram tempos agitados, as reuniões de conselho eram quentes, gritavam, discutiam, olhavam com rancor para ele. Me trouxeram, agüentem. Me derrubar não vai ser fácil. O povo fazia manifestações na rua, trazia cartazes. Pouco importa, não sei ler o que dizem. A gente não se incomoda, não se perturba, quando não sabe das coisas. Ou quando não é informado. Ou quando as informações sintetizadas nos chegam distorcidas, corrompidas, dando outro retrato da realidade.

Até que se cansou, mandou reprimir. Baixou leis proibindo a circulação de pessoas em grupos de dois para cima. O senhor é odiado, disse o chefe do cerimonial. O homem continuava o mesmo. Imperturbável. Não se sabia de que lado estava. Se amanhã viesse um novo presidente, ele se manteria no cargo, não tinha tomado partido. Nenhum dos novecentos milhões acredita que o senhor possa ser chinês, com os atos que vem praticando.

— Mas sou chinês, não sou?

— Parece.

– Sou chinês. Vamos fazer uma intensa campanha de opinião pública, até provar a todos que sou. Enquanto o último homem não me reconhecer chinês, não vamos parar. Cartazes, artigos, filmes, entrevistas simpáticas, comícios, vou visitar o país inteiro.

Levantava-se cada manhã olhando-se no espelho, via-se mais e mais chinês. Teve certeza de que seu rosto estava além do próprio rosto dos chineses. Serei uma nova raça? Magoava-o apenas o fato de não estar tirando proveito, nenhuma vantagem do cargo. Não via dinheiro, não dormia com mulheres, não viajava para o estrangeiro, não saía do palácio, não estava acumulando fortuna. Perco meu tempo. Sentia-se infeliz. No escritório de contabilidade (como andariam as coisas por lá?) ao menos tinha a segurança de uma aposentadoria. Pensava que infelicidade era aquilo. Estar só no palácio, assinar livros e papéis que não entendia, dar ordens que nem sabia se eram executadas. Comunicou uma noite ao chefe do cerimonial.

– Quero visitar a muralha.

Fizeram a viagem em carro, avião e ônibus especial. Às três da tarde, ele estava andando sobre a muralha, maravilha do mundo antigo, obra de engenharia milenar que podia ser vista da Lua. Não é? O chefe do cerimonial confirmava com a cabeça. Até que o presidente sentiu-se no ar. E era tão alta a muralha. Estava caindo ou tinha sido empurrado? Perguntava e o chefe de cerimonial respondia em chinês. E ele não entendia uma só palavra. Que pena, estava disposto a aprender o chinês.

2 – *O PRESIDENTE DOS ESTADOS UNIDOS*

O noticiário da televisão acabava de mostrar a chegada dos reféns norte-americanos aos Estados Unidos. A mulher trouxe o café. Ele sempre tomava um, fraco, após o último telejornal. Nessa noite, demorou, não ia para a cama e a mulher foi encontrá-lo consultando a lista telefônica, nervosamente. No cinzeiro, três pontas de cigarro, o que a irritou, o médico tinha autorizado apenas um, antes de se deitar.

– O que procura? O médico, farmácia?

– Quero o número do Pentágono. Não tenho em minha agenda.

– Pentágono? O que é isso?

– É o nosso departamento de defesa, minha querida.

– O que é um departamento de defesa?

– Com quem me casei, minha nossa! Como consegui fazer carreira, arrastando um trambolho destes atrás de mim?

– Venha dormir, Carlinhos. Precisa descansar, hoje se excedeu.

– Tenho que me exceder. Penso por todo mundo neste país.

– Então, hoje deixa o pensamento para os outros. Venha, amanhã termina a sua licença, o banco te espera, os colegas vão fazer festa.

– Esta não é hora para festas!

– Não seja neurastênico.

Um homem na minha situação é um homem só. O poder isola, marginaliza. Sinto falta de apoio, nem minha mulher me estimula. Não é o fato de ela ter sido uma comerciária. É que não cresceu comigo, não me acompanhou. Ficou fechada no seu mundo, cerzindo meias, comprando abobrinhas na quitanda da esquina. Morro de vergonha quando sei que ela brigou com o açougueiro, por causa do peso da carne. Além do mais, o açougueiro deveria estar satisfeito em me servir, pode fazer propaganda disso, ficar famoso, lucrar.

Voltou a consultar a lista, havia vários Pentágonos, telefonou, mas os cinco primeiros não respondiam. Decidiu realizar uma sindicância na manhã seguinte pela ausência de plantões. Era a certeza de que havia uma conspiração contra ele ou, melhor, contra o povo. Dormir. De que maneira? Com tantos problemas na cabeça e ninguém para aconselhar, auxiliar, dividir, conversar. Fumou outro cigarro, para desespero da mulher que o agarrava pelo braço, tentando levá-lo para o quarto.

– Me deixa, Terezinha, vou ao meu gabinete.

– Está bem, mas fico na porta esperando. Você anda estranho hoje, não quero que fume escondido lá dentro.

Ele atravessou o corredor, porém ela não o viu entrar no banheiro. Ao contrário, pegou a direita e entrou no quarto dos filhos. Foi atrás e viu o marido inclinado sobre o berço do filho caçula, debulhado em lágrimas.

– Sou obrigado a isso, meu filho. Ninguém quer uma guerra, todavia, pela honra de nosso país, sou obrigado a declará-la. O Irã nos humilhou. Invadindo nossa embaixada, provocou um ato de guerra e merece represália. Esta é a decisão que preciso tomar sozinho, enfrentando as conseqüências. Declaro a guerra ainda esta noite e amanhã estarei à frente das tropas. Pode ser que nunca mais te veja, filho querido. Se eu morrer, lembre-se de que seu pai só procurou o bem do país.

Beijou os outros dois filhos e, ao sair, deu com a mulher, parada na porta.

– Entende a gravidade deste momento?

– Vai ter guerra?

– Fatalmente, não vejo outra maneira.

– Onde?

– No Irã.

– Tão longe. Por que você está preocupado?

Existe mesmo um abismo entre nós dois. Há quanto tempo isso começou que não me dei conta? De repente, um casamento pode ir por água abaixo, sem que a gente sequer perceba. Não quero que isto aconteça, gosto muito desta mulher, ainda que conheça as diferenças profundas que se acentuam a cada dia. Será que ela não percebe? Preciso compartilhar a dor, a agonia que se iniciou.

– Esta é uma noite histórica, meu amor. Você é testemunha que os grandes homens vivem seus momentos mais difíceis em completa solidão e angústia, às vezes acompanhados apenas por sua mulher.

– Venha dormir, amanhã você estará melhor.

– Nunca estive tão bem. Preparado para a decisão. Estamos vivendo as horas que me colocarão na história da humanidade. Não posso dormir agora. Nem tenho sono. Lúcido e desperto. Pode ser que amanhã eu esteja dormindo para sempre. Tenho que considerar isto. Afinal, nunca dirigi uma batalha e amanhã estarei à frente do glorioso exército americano.

– Vou fazer um café. Ainda que isso vá prejudicar o teu sono.

– Não quero dormir. Vou efetuar uma série de despachos e redigir meu discurso ao povo, a fim de justificar a decisão. Quando esta nação acordar, estará em guerra.

– Deixe-me colocar o termômetro. Você não parece bem, deve ter febre.

– Tenho. Me sinto febril, excitado, em dúvida. Se localizasse o meu estado-maior.

– O mapa do estado? Está enrolado e guardado no armário do nosso quarto.

– Agora você começa a agir como a mulher de um estadista. Preciso mesmo do mapa para elaborar a estratégia. Vá buscá-lo.

– Não seria melhor chamar o dr. Paulo Eiró? Você não está bem.

– Estou, minha querida. Sossegue. Sente-se e escreva um diário de tudo o que está observando. São instantes históricos e você é a única testemunha. Se eu morrer em batalha, o diário valerá milhões, você estará amparada. O seu diário é o meu seguro de vida.

– Temos sua aposentadoria, Carlinhos. Quando você morrer, nossos filhos estarão formados, casados. Ficarei só e o seguro do banco mais a pensão me sustentarão, nosso nível de vida sempre foi modesto, bom. Para que mais?

– Não é só pelo dinheiro, Terezinha. Este é um documento que você tem obrigação de legar ao povo.

– Documento? Quem precisa de documento à esta hora da noite, Carlinhos? Venha dormir, estou preocupada.

– Descanse, minha querida. Provavelmente precise de você amanhã, liderando as mulheres, como voluntárias nos hospitais. Esta é uma guerra que não sabemos quanto vai durar, nem se vai ser violenta. Não pretendo utilizar armas nucleares, para não colocar o mundo em perigo. Combateremos de fuzil e baioneta. Como as boas, velhas e corajosas guerras dos bons tempos, quando um soldado mostrava sua bravura.

– Acho que é melhor um chá de camomila. Acalma. Você está excitado, vai acabar te fazendo mal.

– Ligue para a cozinha, peça o chá. Acorde a criadagem, vamos entrar em vigília. Quantas providências a tomar. Redigir a declaração de estado de beligerância. Comunicar ao embaixador do Irã e esperar a resposta. Será que o Irã tem embaixador aqui? Saber se eles aceitam a guerra, não podemos declarar guerra contra quem não concorda com ela. Retirar os iranianos do país, a fim de proteger suas vidas dos ataques da população ressentida. Congelar os depósitos deles em nossos bancos, favorecendo a economia nacional. Convocar o exército. Pedir ao congresso verbas para emergência de guerra. Convocar os alfaiates para os uniformes de oficiais e as confecções para os uniformes dos soldados. Racionar gasolina. Devo, antes, vazar a informação para alguns amigos, para que se preparem, comprando estoques de gasolinas, pneus, alimentos. Revendendo ao governo, depois, a preços supervalorizados poderão arrumar a vidinha. Devo muito a esses amigos, afinal, quando apanhei pneumonia, me internaram e pagaram tudo do próprio bolso, se fosse pela Previdência Social teria morrido. Merecem ser avisados, para que especulem e enriqueçam devidamente.

– O que você está dizendo, Carlinhos? Vou ligar já para o Paulo Eiró.

– Não toque no telefone. Quero todas as linhas da Casa Branca desimpedidas. Daqui a pouco convocarei os meus assessores, ministros, corpo diplomático, a fim de comunicar a decisão. Veja aí, de novo, se o Pentágono responde.

Ela discou o número que ele apontava. Demoraram para atender.

– Estão na linha.

– Chame o general Einsenhower.

– Não existe lá nenhum general Einsenhower.

– O general MacArthur.

– Também não tem.

– E o Patton?

– Me mandou a puta que o pariu que isto não é hora de dar trotes.

– Chame o diretor.

– O homem está louco da vida, quer saber que brincadeira é esta, disse que é ele mesmo o diretor da auto-escola e que vai chamar a polícia. E desligou.

– Disque de novo, mulher.

Ela discou, logo bateu com o fone no gancho.

– Me mandou outra vez para o mesmo lugar.

– Uma conspiração! A autoridade está minada neste país. Anote este número, amanhã procedo a uma sindicância, vai ser demissão geral. Dia de limpeza neste país. Um novo dia para a história americana. A imprensa vai ter muito assunto. Me ligue com o secretariado de imprensa.

– Com o quê?

– Meu secretariado de imprensa.

– O que é isso?

– Não, não? Vou sugerir que daqui para a frente as primeiras damas façam cursos especiais, para estarem preparadas, ao lado dos maridos. Secretário é o homem que faz a minha ligação com os jornais. É o meu homem dos jornais.

– Por que não disse logo? O jornaleiro? Só amanhã cedo, quando abrir a banca.

– Vai dormir, Terezinha. O dia te deixou cansada. São esses chazinhos beneficentes que vocês, primeiras-damas, vivem organizando nos jardins do Palácio.

– Palácio. A última vez que fui ao Palácio foi no aniversário do Joaquim Pedro. Fomos juntos ao Palácio das Festas comprar balas, bolos e bolas.

— Nada mais de festas, minha querida. Nada mais de bolos e chás. Entramos num regime de racionamento. Economia de guerra, nada de desperdiçar coisas.

— Quem é que fala em economia? Quem é o gastador nesta casa? Quando você sai para o supermercado é uma tragédia, volta cheio de besteiras. Um caderno, cola, chocolate, vinho, queijo estrangeiro, frios, frutas e nada do que precisamos. Mandar você fazer compras é um desperdício, tenho que voltar. São duas despesas.

— Você não entende que um presidente tem de manter a representação social? São almoços, jantares, recepções.

— Falando nisso, devemos um churrasco a Gadelha. Fomos padrinhos de casamento e o único presente que ele pediu foi um daqueles churrascos que você sabe fazer. Carneiro no sal. Hum, que fome. Não quer comer alguma coisa? Vou à cozinha e preparo. Uma coisa leve, claro, daqui a pouco você vai dormir.

— Ligue para a cozinha, mande trazer.

— Quem vai trazer? E ligar para quem? Dou dois passos, estou na cozinha.

Sim, é verdade, o poder isola, sobrecarrega. Somente quem o tem sabe o que é carregar os destinos da nação, se responsabilizar por duzentos milhões de pessoas. Elas dormem e velo por esse sono. Defendo. Jogo minha saúde fora, mas é a minha missão, fui eleito para isso. Durma bem, bom povo. Vou comer e redigir os planos de ataque. Talvez empurre esta minha assistente para o sofá, me deite sobre ela. Vou fazer isso, de surpresa, afinal tem bons peitos e uma perna grossa, do jeito que gosto. Sou como um Kennedy, sempre pronto a derrubar mulheres pelos cantos do palácio. Me aliviando, posso fazer uma declaração de guerra mais ponderada, justificada. Se bem que, no caso, não necessite de ponderação.

— O que é isso, Carlinhos? Ficou louco?

— Gosta?

— Feche essa calça, que sem-vergonhice.

— Quer se deitar comigo ali no sofá? Quer dar para o presidente?

— Não faça loucuras, Carlinhos. Você não pode cometer excesso ainda. Pára com isso.

Uma funcionária decente. Nem mesmo com o presidente. Deve ter seu marido, seu namorado. Mas é uma gostosa. E se eu fizer como o Kennedy? Não dar atenção ao seu protesto, simplesmente empurrá-la e comê-la? Vai reclamar, criar um caso? Vai nada. Ninguém acreditará nela.

— Fiz um café, fraquinho. Café de caboclo, como você gosta.

— E se eu chamasse os reféns esta noite? Eles conhecem o Irã, poderiam me dar indicações preciosas. Não. Deixe que durmam, estão cansados das manifestações, se limpando ainda de tanto papel picado que caiu sobre eles.

— Trouxe uma xícara grande. Pode tomar sossegado, é quase chazinho.

— Outra coisa, anote aí. O país precisa diminuir o uso de café. Reduzir importações, economizar divisas. Este será o último café do presidente em dias de paz. Olhe, Terezinha. Observe, para depois você contar. Detalhes assim fazem a delícia dos leitores. Como foi o último café do presidente, pouco antes de a guerra ser declarada. Se você levantasse a saia e descesse as calças, seria um relato mais excitante, venderia muito mais. O público adora saber como os presidentes fodem. É como todo mundo, mas é diferente.

– Que conversa é essa, Carlinhos?

– Preste atenção, Terezinha. Estou fazendo os mesmos gestos de todos os dias. Ergo a xícara pelo cabo, como todo mundo, aproximo da boca, sopro um pouco, sorvo o café lentamente, para não queimar a boca. Anote que coloquei pouco açúcar, como contribuição à economia de guerra. Aí está, documentado, meu último café. Vai figurar, no futuro, nos livros de história. Se você tivesse uma Kodak, poderia ter batido um instantâneo, as agências noticiosas te pagariam uma fortuna. Não faz mal, amanhã ou depois, fingimos que tomo outro café, você bate a foto, ela permanece como a última, a desta noite. Percebe como de repente os gestos cotidianos dos grandes homens se cristalizam, eternizados em gestos decisivos? É assim, basta ter consciência do momento histórico.

– Nunca vi café mais complicado que esse, minha nossa! O que houve? Estou aqui feito barata tonta, atrás de você, que fala sem parar. O Paulo Eiró precisa parar com esses comprimidos que você toma à noite. Te deixam baratinado. Tira a mão de minha saia, depois vou querer e você sabe que não pode. Vou dormir! E quero ver se amanhã você se levanta para trabalhar.

– Farei vigília cívica, minha querida. Mas vá, vá dormir! As mulheres são mesmo fracas. Acorde disposta, amanhã estaremos em guerra. Puxa, ia me esquecendo, preciso comunicar aos países aliados. Dará tempo? E os armamentos? Como andam os estoques? Teremos suficiente? Ainda bem que me lembrei. Vou avisar meus amigos industriais, para que entrem imediatamente na indústria bélica, fabricando aviões, jipes, pára-quedas, bombas, munições, tratores, lança-chamas, baionetas, escudos, espadas, elmos. Gases. O que mais é preciso para uma guerra? Tudo sozinho, tudo sozinho! Não dá! Vou estar exausto amanhã, sem forças para sair à frente das tropas. Epa, e as passagens para os soldados? Melhor pedir a uma agência de viagens para providenciar. Coloco meus amigos em ação para que recebam comissões das agências. E a documentação? Os passaportes estarão em ordem? O Irã exige visto de entrada? Temos de chegar de surpresa. Será a nossa grande arma. Desembarcamos primeiro os fuzileiros, eles passam pela inspeção, alfândega, liberam as bagagens e uma vez fora do aeroporto se juntam e atacam. Preciso do ministro da saúde. Não tenho vacina e talvez com a influência do ministro eu consiga abrir um posto agora à noite e me vacinar. E para que a vacina não pegue, assim que me aplicarem, distraio a atenção deles e passo a manga, enxugando o braço. Acham que dá para combater com uma vacina coçando? As horas passam, o tempo voa, no entanto dentro de mim é a eternidade, cada minuto parece um dia, semana, minha cabeça marcha rapidamente. Os soldados terão tempo de fazer um curso de língua iraniana? Para não despertarem suspeitas ao desembarcar.

– Carlinhos, vem dormir, são duas da manhã. Por favor.

Agora, ela quer que eu durma com ela. Não posso. A noite é longa. Preciso encontrar aquele livro sobre Napoleão, aprender suas táticas de batalha. Com quantos homens posso contar? Um presidente nunca está informado do que se passa, num momento como este fica completamente desarvorado. Cadê o grupo do palácio?

Foi até a janela. Contemplou a cidade, uma e outra luz em algum prédio. Serão espiões com binóculos assestados em mim? Estão vendo luzes acesas, devem estar cogitando que planejo alguma coisa. Finjo que vou dormir, apago tudo. Espero da minha sala escura. A angústia é maior no escuro. As luzes nos outros prédios não se apagam, estão transmitindo informações ao estrangeiro. Preciso anotar a localização dos edifícios, amanhã mando arrasar tudo, a Casa Branca não pode ficar exposta. Amanhã, um sujeito se põe naquela janela, com um fuzil telescópico na mão e me atira na cabeça. Terezinha vai ter a firmeza e dignidade de Jacqueline para amparar minha cabeça, com seu vestido cor-de-rosa manchado de sangue? Ela suportará a cerimônia de posse do vice-presidente, a bordo de um Bandeirante?

– Carlinhos, venha para a cama. O que está pensando? Quer morrer? Depois de amanhã você tem de voltar ao médico, vou contar tudo, o excesso de hoje, os cigarros. Ele não vai te deixar sair do hospital enquanto não estiver curado. Você é que escolhe.

Terezinha é um deles. Deve estar se comunicando com os homens atrás das janelas. Informando o que se passa comigo. Querendo me desanimar. Recusou-se a me ajudar. Me enganou ao telefonar para o Pentágono. Recebeu ordens naquele telefonema. É mesmo uma conspiração, os iranianos envolveram até a minha mulher. Sempre disse, ela nunca conseguiu acompanhar a minha evolução, era simples demais. Devia ter me divorciado e casado com outra. Agora é tarde, me pegaram. As luzes se apagam, os homens descem, virão silenciosamente me atacar. Banqueiros iranianos, vendedores de petróleo, aiatolás, o xá e a fara diba, republicanos, conservadores, gente que não se conformou com o governo liberal que estabeleci. Eliminei o dinheiro e restabeleci o comércio de trocas, cancelei os impostos, o governo é que paga impostos de renda aos contribuintes, mandei retirar todos os cachorros das ruas, proibi prêmios nos palitos de sorvetes. Por mais que olhe as ruas, não consigo ver os vultos se dispondo em locais estratégicos, para o ataque final. E nem sequer estou de uniforme. Terezinha, a conspiradora, de propósito, não mandou passá-lo. Vou me defender como um civil. Não tenho meios de alertar a nação. Querem que eu renuncie, mas será a última coisa a fazer. Eles vêm vindo pelo jardim, camuflados de verde. Rastejam junto à grama, fuzis nas mãos. Morrerei como homem.

— Terezinha.

— O que é, meu bem?

— Venha, traga o seu diário. Você vai observar o momento mais dramático da história americana.

— Que diário é esse de que você tanto fala?

— Contemple os últimos instantes de um estadista liberal que procurou fazer o melhor por sua pátria.

— Venha dormir, Carlinhos. Já, já. Agora chega.

Ela me agarra pelo paletó, percebo que estou de pijama. E ainda por cima um pijama listado. Meu Deus, morrer de pijama como um velho aposentado de estrada de ferro? Me segurar deve ser a senha, como o beijo de Judas. Vão desfechar o ataque final. Pensam que estou dormindo. Todos me traíram dentro do palácio.

— Tu também, Terezinha, minha filha?

— Também, quero que você venha dormir.

Amanhã pela manhã, seremos dois mortos dentro da Casa Branca vazia. Sei que vou morrer, portanto, antes, mato Terezinha. Para que a vergonha não caia sobre nós. Gosto muito desta mulher e não vou permitir que o mundo e a história saibam a grande traidora que ela foi. Não grite, Terezinha, faço isto por você, pelo nosso amor, ainda que você nunca tenha sabido me acompanhar.

Apesar de pertencer a épocas diferentes, encontrei nestas histórias certa unidade de temas, visão do mundo e do homem, do amor e da vida, às vezes aparentemente desconexas, mas que terminam por se encontrar. Cinco contos são inéditos: "Um dedo pela bolacha" (escrito em 27 de outubro de 1969), "Amo minha filha" (de 20 de maio de 1970), "Sagrada família" (1970) e "Sagrado dever" (1971). Os outros foram publicados em antologias, suplementos, jornais e revistas. O mais antigo é "A sexta hora", o segundo conto que publiquei na vida. Na revista *Cláudia*, editora Abril, número 58, julho de 1966, página 64, com ilustração de Joaquim de Oliveira. Não consegui determinar a data exata de "Não segure a porta". Perdi o original e o exemplar da revista que o publicou. Achei apenas um primeiro tratamento do conto, levemente retrabalhado. Deve ter sido escrito entre 1964 e 1966, quando eu ainda trabalhava no jornal *Última Hora*, em São Paulo. Publicado em *Portugal Hoje*, revista mensal editada por um grupo de exilados portugueses (anti-salazaristas na época). Revista que desapareceu após alguns números. "A anã pré-fabricada e seu pai, o ambicioso marretador" saiu primeiro em tradução italiana de Antonio Tabucchi na revista literária *Il Caffé*, Editrice Flaminia, Roma, número 2/3, ano XXI, página 37. Em português, pela primeira vez no *Folhetim*, suplemento dominical da *Folha de S.Paulo*,

22 de abril de 1979, número 118, página 13. Republicado no *Shopping News*, São Paulo, 26 de julho de 1981. "Rosajeine tira a roupa" é da revista *Status*, Editora Três, número 15, outubro de 1975, página 126. "Cabeças de segunda-feira" saiu na antologia *Chame o ladrão*, organizada por Moacir Amancio para as Edições Populares, 1978, página 9. Esse conto, unido a uma história de Carlos Drummond de Andrade, serviu de base ao roteiro do curta-metragem *Claustro*, de Tito Paes de Barros e Cyro Ferraz Filho. O filme recebeu o prêmio de melhor enredo no 8º Festival Nacional de Filmes Super-8, realizado em agosto de 1980, São Paulo. "Lígia, por um momento!" saiu em *Romance moderno*, Rio Gráfica Editora, número especial, julho de 1979, página 56, ilustração de Evaldo. "Quarenta e cinco encontros íntimos com a estrela Vera Fischer" saiu na revista *Playboy*, editora Abril, número 49, agosto de 1979, página 52, ilustração de Nilton Ramalho. "O presidente da China", revista *LUI 80*, editora Três, número 22, janeiro de 1979, página 84, ilustração de Darcy Penteado. "Coxas brancas no trem da tarde", revista *Playgirl*, Idéia Editorial, número 1, outubro de 1980, página 44, ilustração de Alfredo Aquino. "O divino no meio do corredor", revista *Status*, editora Três, número especial 76-A, novembro de 1980, página 11, ilustração de Aldemir Martins. "Obscenidades para uma dona de casa", revista *Ele Ela*, editora Bloch, número 142, fevereiro de 1981, página 52. "Anúncios eróticos", *Homem*, Idéia Editorial, setembro de 1981, página 48, ilustrações de Fausto. "O presidente dos Estados Unidos" foi publicado na revista *Ele Ela*, editora Bloch, número 149, setembro de 1981, página 72, ilustração de Baita. O conto "A lata e a luta" foi publicado originalmente na revista da Civilização Brasileira, mas perdi a edição original. "Aqui entre nós" é inédito. Como diz Lygia Fagundes Telles, vamos reunir os "filhos pro-dígios" e observar o encontro. Pode ser até que saia confusão, ninguém se entenda. Mas não custa tentar.

Ignácio de Loyola Brandão

Obras do Autor

Depois do sol, contos, 1965
Bebel que a cidade comeu, romance, 1968
Pega ele, silêncio, contos, 1969
Zero, romance, 1975
Dentes ao sol, romance, 1976
Cadeiras proibidas, contos, 1976
Cães danados, infantil, 1977
Cuba de Fidel, viagem, 1978
Não verás país nenhum, romance, 1981
Cabeças de segunda-feira, contos, 1983
O verde violentou o muro, viagem, 1984
Manifesto verde, cartilha ecológica, 1985
O beijo não vem da boca, romance, 1986
A noite inclinada, romance, 1987 (novo título de *O ganhador*)
O homem do furo na mão, contos, 1987
A rua de nomes no ar, crônicas/contos, 1988
O homem que espalhou o deserto, infantil, 1989
O menino que não teve medo do medo, infantil, 1995
O anjo do adeus, romance, 1995
Strip-tease de Gilda, novela, 1995
Veia bailarina, narrativa pessoal, 1997
Sonhando com o demônio, crônicas, 1998
O homem que odiava a segunda-feira, contos, 1999
Melhores contos Ignácio de Loyola Brandão, seleção de Deonísio da Silva, 2001
O anônimo célebre, romance, 2002
Melhores crônicas Ignácio de Loyola Brandão, seleção de Cecilia Almeida Salles, 2004
Cartas, contos (edição bilíngüe), 2005
A última viagem de Borges – uma evocação, teatro, 2005
O segredo da nuvem, infantil, 2006
A altura e a largura do nada, biografia, 2006
O menino que vendia palavras, infantil, 2007
Não verás país nenhum – edição comemorativa 25 anos, romance, 2007

Projetos especiais

Edison, o inventor da lâmpada, biografia, 1974
Onassis, biografia, 1975
Fleming, o descobridor da penicilina, biografia, 1975
Santo Ignácio de Loyola, biografia, 1976
Pólo Brasil, documentário, 1992
Teatro Municipal de São Paulo, documentário, 1993
Olhos de banco, biografia de Avelino A. Vieira, 1993
A luz em êxtase, uma história dos vitrais, documentário, 1994
Itaú, 50 anos, documentário, 1995
Oficina de sonhos, biografia de Américo Emílio Romi, 1996
Addio Bel Campanile: A saga dos Lupo, biografia, 1998
Leite de rosas, 75 anos – Uma história, documentário, 2004
Adams – Sessenta anos de prazer, documentário, 2004
Romiseta, o pequeno notável, documentário, 2005